Le sommeil américain

S. BELLAVANCE

Auteur : S. Bellavance

Conception graphique : Les Éditions Suave
NGC 7000, Nébuleuse de l'Amérique du nord.
Photo réalisée par Bob Townsend, Californie, USA

ISBN: 978-2-9816260-0-4
Dépôt légal - Bibliothèque et Archives nationales du Québec, 2016

Pour C.C
que j'aimerai tant si longtemps.

« C'est dans la connaissance des conditions authentiques de notre vie qu'il nous faut puiser la force de vivre et des raisons d'agir. »

Simone de Beauvoir

TABLE

1

LA PROPHÉTIE

J'étais seul, mais pas le seul à être seul. Certains autour de moi, étaient seuls, tandis que d'autres étaient accompagnés. Ils se tenaient là, toutes origines confondues, aussi bien des femmes que des hommes, attendant d'être appelés.

Remontant l'allée à la recherche d'un siège abandonné, je m'étonnai de constater au passage qu'il y avait autant de jeunes gens que de personnes âgées, alors que le contraire m'aurait semblé plus normal.

Disposées côte à côte, les chaises étaient alignées dans le même sens, ce qui faisait que les personnes assises dans la première rangée tournaient le dos à celles situées dans la deuxième rangée; cela empêchait les regards de se croiser, puisque la seule vision possible du voisin d'en face était sa nuque. J'avais l'impression que cette disposition du mobilier était intentionnelle : elle assurait qu'aucun regard ne rencontre le miroir de son malaise. Le temps paraissait suspendu, et chacun prenait son mal en patience.

Tous partageaient ce petit quelque chose qui n'avait pas besoin d'être révélé. Les gens réunis dans cette salle d'attente s'engageaient sur le même sentier du destin et aucun d'entre eux ne voulait se voir arriver à destination. L'ambiance se résumait à peu de choses : le filament des ampoules électriques qui grésillait en projetant une lumière incandescente et la ventilation qui expirait son air d'un seul souffle.

Ordinairement, lorsqu'un groupe d'individus se retrouvait dans une salle, certains profitaient du silence pour tousser ou se racler la gorge. Étrangement, pas la moindre vibration organique n'émanait des êtres autour de moi.

Une sorte de loi tacite excluait tout son inutile : ni dialogues, ni soupirs, ni craquements de doigts. La plupart des gens présents adoptaient une pose sculpturale, prostrés sur leur siège. Personne ne remuait et, surtout, n'affichait son impatience. Le seul mouvement que l'on pouvait observer était ce ballet articulé des appelés qui quittaient leur place assise. Tour à tour, chacun à la suite de l'autre se déplaçait dans une mouvance presque poétique.

Les personnes présentes ne cherchaient d'aucune manière à se distinguer les unes des autres; j'avais même l'intuition que tous souhaitaient porter le même uniforme ou revêtir des vêtements de camouflage pour se fondre dans la masse. Ce n'était ni l'endroit ni le moment d'attirer l'attention. D'ailleurs, pas un seul regard ne fixait celui qui était appelé, ni ne suivait des yeux celui qui déambulait jusqu'à son siège. La discrétion et le respect faisaient en sorte qu'au lieu d'utiliser un interphone, une préposée nommait les appelés les uns à la suite des autres; ils défilaient, délaissant leur place à une cadence variée.

Le temps qui s'écoulait entre deux appels variait de deux à trente minutes. Lors de l'annonce de son nom, un appelé quittait discrètement et de manière gracieuse l'endroit qu'il occupait. Il glissait à pas feutrés sur le linoléum, comme sur un trottoir roulant, dans une économie de gestes, pour disparaître derrière un mur menant à un corridor. C'est ce que je fis, à mon corps défendant, une fois mon tour venu.

En effet, je n'avais pas cherché à être là, je ne souhaitais pas le moins du monde assister à cet entretien. Une réponse envoyée par la poste confirmant le verdict aurait suffi. L'idée de cette rencontre me rendait anxieux et pour remédier à ce malaise, je trouvai dans quelques verres d'un mezcal rapporté d'une expédition au Mexique le courage d'affronter mon interlocuteur. N'importe qui aurait redouté ce type de rendez-vous…

Au bout du couloir je poussai une porte entrouverte et me retrouvai seul dans un bureau où reposait une table en inox, intercalée entre un fauteuil en cuir et une chaise rembourrée. Pas de fenêtre étroite, de toile décorative ou de quelconque illustration médicale suspendue aux murs; pour seul revêtement, ceux-ci étaient enduits de peinture terne. Le néon du plafond projetait un éclairage froid et diffus. Je pris place dans le fauteuil, qui me parut, ma foi, beaucoup plus confortable que le siège que j'occupais la minute précédente.

Je venais à peine de trouver une posture agréable dans ce fauteuil lorsque la porte s'ouvrit derrière moi pour laisser entrer un homme vêtu d'une chemise blanche au col ouvert et d'un complet marine. Il tenait un document volumineux contenant plusieurs fiches de couleurs variées, reliées entre elles par une broche métallique. Il me tendit la main et nous échangeâmes les formules de politesse d'usage. Je l'observai déposer le dossier sur la table en inox tout en tirant sa chaise. Il s'assit, appuya les coudes sur la table et joignit les mains; après un moment de silence, il se mit à feuilleter les fiches.

Il accéda à celle qu'il cherchait. Craignant voir la pile s'effondrer, il y déposa vite une main; de l'autre, il fit un mouvement vif dans les airs qui résuma son agacement. Ses lèvres se mirent à articuler des sons que je ne comprenais pas; je refusais d'écouter ce que cet homme avait à me dire. Il était donc le seul intéressé par ses propos. Il remuait les lèvres, mais les mots qu'il prononçait ne produisaient aucun son à mes oreilles. Je ne pouvais détacher mon regard de son visage. Il me sembla remarquer ce fait curieux : ses lèvres laissaient échapper de la fumée. Oui, de sa bouche sortaient des phrases enfumées, entrecoupées de ponctuation et d'éléments typographiques de diverses couleurs.

L'effet de l'exotique mezcal que j'avais avalé précédemment me faisait envisager une divagation: je délirais, et je n'étais pas le seul à le remarquer. À présent, le timbre audible de la voix de mon interlocuteur effaçait, l'espace d'un souffle, les mots calligraphiés qui flottaient en l'air. Il me fixait d'un regard sombre. Avec le peu de conscience qu'il me restait, du mieux que je le pus, je rassemblai mes idées. C'est alors que je l'entendis prononcer, sur un ton grave :

— Monsieur, vous allez mourir.

2

LA CAUSALITÉ

J'étais sur le point de quitter le pays quand un client de New York me téléphona et me supplia de mettre à contribution une de mes œuvres photographiques à l'encan d'un évènement caritatif qui allait se dérouler à l'ONU. L'image tant convoitée, dont je partageais les droits avec le *Time Magazine*, montrait l'ex-secrétaire général de l'Organisation des Nations unies, Kofie Annan. Je donnai mon accord par signature électronique, envoyai une copie de la photo numérique par courriel. Je me réjouis de constater que mon cliché n'était pas bradé à l'encan de la bienfaisance : le tout s'avéra autant profitable que charitable.

Peu après cette transaction, je m'envolais à bord d'un avion à destination des Émirats arabes unis. Un client satisfait de mon travail m'avait offert de loger gracieusement dans l'une de ses nombreuses maisons à Palm Jumeirah, en gratitude de ma discrétion et de mon talent. Là-bas, dans l'une des plus opulentes villes du monde, je devais me restreindre à ne dépenser qu'une modique somme d'argent. Je rentabilisai cette expédition moyen-orientale en faisant abstraction aux activités touristiques de mon horaire, pour plutôt concentrer mes efforts à créer des liens d'affaires avec les galeristes et de riches acquéreurs de la région.

Parcourant Dubaï d'un bout à l'autre, j'assistai à des soirées mondaines, à des cocktails ainsi qu'à des banquets honorifiques dans de somptueux restaurants, ce qui, au bout du compte, m'obligea à serrer beaucoup de mains, faire de nombreux sourires et échanger une kyrielle de balivernes. Comme je m'étais présenté sous mon meilleur jour, j'obtins le privilège d'exposer ultérieurement dans une galerie bien en vue. Or, au bout du sixième jour de ce « démarchage mondain », tout l'argent servant à mon opération charme avait été dilapidé; fauché comme les blés, je fus privé d'accès à la vie de célébrité et au faste qui l'accompagne. Refusant catégoriquement de surcharger ma carte de crédit pour prolonger ces excès de *dolce vita*, je décidai donc de rentrer à Boston illico.

Le lendemain, dans le taxi qui me menait à l'aéroport international de Dubaï, la sonnerie de mon *smartphone* retentit. Mon interlocutrice se présenta à moi comme la secrétaire de la famille Obama. Elle m'expliqua que la première dame, sensible à l'art du portrait, avait été touchée par ma photo de Kofie Annan, aperçue lors de la fameuse soirée caritative. Elle me demanda si j'étais disposé à occuper le poste de photographe personnel de la famille présidentielle. Les Obama souhaitaient recourir à mes services lors de leur prochain voyage à l'étranger pour constituer un album-souvenir de voyage à la manière d'un documentaire photo. Elle ajouta qu'elle mettrait à ma disposition un billet d'avion et, bien sûr, que les frais de déplacement seraient entièrement couverts par la famille Obama. Acceptant la proposition, je priai mon interlocutrice de transmettre à la première dame ma gratitude pour sa confiance.

Voilà que le surlendemain, je débarquais à Nairobi, au Kenya, où je passai trois longs jours à photographier la famille Obama sous tous les angles. Pendant ces moments gratifiants, je m'appliquai à capter le bonheur intime d'une famille, d'un couple et de ses deux filles.

À la fin de mon séjour, avant de retourner chez moi, je me rendis sans la moindre autorisation protocolaire à Kisumu pour tirer quelques clichés du président en visite dans son village ancestral. Une fois les images en boîte, je pris la route vers l'aéroport pour attraper mon vol en direction de Boston.

Devant l'aéroport, tandis que j'avais les bras chargés de bagages, un moustique me piqua au cou; instantanément, celui-ci mourut écrasé sous ma main. Au retour de la traversée, je me sentis fiévreux et fatigué. Les quelques comprimés réclamés auprès de l'hôtesse ne soulagèrent guère mon malaise. Je présumai que le moustique m'avait contaminé avec la fièvre jaune ou l'hépatite. Arrivée à Boston quand l'avion toucha terre au L.I.A. — *Logan international airport* —, j'embarquai immédiatement dans le premier taxi, suppliant le chauffeur de me déposer devant le *Boston Medical Center*.

De part et d'autre ausculté, je fus assujetti à une ponction de pléthore pour une batterie de tests sanguins. Le processus consista à introduire dans ma veine une aiguille hypodermique qui récolta quelques fioles du liquide écarlate servant d'échantillons aux multiples analyses. À la vue de mon sang à travers le tube translucide, je sentis la chaleur me traverser l'échine; soudain, le décor bascula et la lumière s'éteignit doucement. L'instant d'après, je me réveillai étendu sur un brancard, seul dans la chambre. Je me rappelai avoir tourné de l'œil lors de l'examen.

La porte s'ouvrit. Un homme en sarrau blanc entra dans la chambre et vint à ma rencontre. Il s'agissait du médecin de garde. Il m'informa du résultat des examens. Apparemment, il n'y avait aucune infection; il s'agissait probablement d'un simple malaise causé par du surmenage et de la fatigue. Prescrivant du repos, il ajouta que le laboratoire allait procéder à des analyses en profondeur et que je devais revenir la semaine suivante pour m'informer des résultats.

3

LA FATALITÉ

Je marchais déjà depuis un long moment le long des artères achalandées du centre-ville, méditant sur mon sort incertain. Curieusement, le tintamarre de la circulation automobile m'aidait à réfléchir : cette partie de la ville avait sur moi un effet plus rassurant que le silence inquiétant d'un paisible quartier résidentiel.

L'annonce portait à réflexion. Une multitude d'hypothèses envisageables jetaient le désordre et la confusion dans mon esprit tourmenté. Mon sort était-il décidé parce que j'avais choisi de dormir dans un lit d'hôtel plutôt que dans mon propre lit? Parce que je m'étais déplacé en avion plutôt qu'à bicyclette? Ou bien alors parce que j'avais passé le plus clair de mon temps à l'intérieur d'un studio plutôt qu'à la campagne? Pour contrebalancer certaines conséquences de mon style de vie mouvementée, j'avais choisi d'adhérer à une hygiène de vie impeccable, qui incluait notamment de saines habitudes alimentaires. Je préférais l'eau au café. Je pratiquais la course à pied. Le tabagisme m'écœurait. De plus, je ne me connaissais aucun antécédent familial de maladie grave. Et voilà qu'un simple examen médical me condamnait à la potence?

Me considérant irréprochable, il ne me restait qu'à accuser Dieu de m'infliger cette épreuve punitive. Pourquoi attaquait-il si sournoisement? Était-ce mes actions passées qui me rattrapaient et venaient fracasser mon présent et mon avenir?

Je suis devenu la personne que je suis par un processus naturel. J'ai été un enfant modèle. Enfant unique aussi. J'étais le fils hériter de parents fiers. D'aussi loin que je me souvienne, jamais je n'ai été habité par l'instinct grégaire, et par tous les moyens possibles, j'ai évité les contacts avec autrui. Mon temps me paraissait trop précieux pour le gaspiller à entretenir d'insondables amitiés. Pour certains individus mon comportement devait paraître sociopathique, mais pour moi, je n'étais qu'un marginal, un marginal civilisé. Je me suis véritablement déplu à me mêler aux autres dans la cour d'école; par bonheur, beaucoup m'ont ignoré. Or, peu ne s'en sont tenu à cela, et la plupart ont cherché d'une façon ou d'une autre à me sortir de mon mutisme. Ceux qui ont osé s'approcher de trop près, je leur ai chuchoté une tape à l'oreille. Et s'ils n'ont pas compris une première fois, je leur ai répété le message plus fort par la suite, avec mes poings. Puis lorsque les esprits s'échauffaient, les viriles conversations se transformaient rapidement en chorale de coups de poings et de pieds. Nous avons tous pris une baffe, moi, y compris. En délimitant mon territoire avec aplomb, je suis toujours resté sur mes gardes, anticipant le retour inévitable de l'ennemi prêt à faire feu de tout bois pour engager de nouvelles hostilités. Quant à la promiscuité dans la salle de classe lors de périodes d'apprentissages, j'ai fui en plongeant ma tête dans les livres. En bon élève studieux, j'ai toujours excellé dans mes leçons et mes devoirs.

C'est pendant les vacances d'été, juste avant ma dernière année au *high school*, que j'ai découvert la carrière que j'ai voulu embrasser. De nouveaux voisins récemment installés dans le quartier ont affiché une petite annonce au supermarché : ils cherchaient un coup de main pour les aider à emménager. Puisque j'ai été le seul à me présenter, et comme eux étaient pressés de déménager, ils m'ont embauché sur-le-champ. La tâche à laquelle j'ai été affecté, d'abord simple, mais tout de même éreintante, fut de vider le contenu du garage encombré. Le précédent propriétaire souffrait du syndrome de Diogène et avait accumulé au cours de sa vie des masses incroyables de journaux, revues et magazines. Lors de ma besogne, je mis de côté certaines revues attrayantes portant principalement sur la photographie. Dans mes temps libres, plutôt que d'aller flâner bêtement au *mall*, comme les autres, j'ai préféré dévorer ces magazines. À la fin de mon emploi d'été, les nouveaux propriétaires ont remarqué ma passion pour la photographie argentique. Plutôt que de me rémunérer en billets de banque, ils ont proposé de me léguer tout le matériel de chambre noire qui faisait partie du lot de détritus : un agrandisseur, des bains de trempages, des cuves de développement et une caméra trente-cinq millimètres *Kodak Motormatic* d'occasion. J'ai accepté l'offre sans négocier. Jusque-là dans ma vie, j'avais toujours su « ce que je ne voulais pas faire », mais en ce jour marqué d'une pierre blanche, je venais de découvrir « ce que je voulais absolument faire » : changement majeur de perspective. Tel un dévot, je me suis consacré à la photo argentique, marchant dans les traces des pionniers que je découvrais dans mes magazines, imitant leur style et leurs techniques pour tenter de reproduire leurs plus grandes œuvres. C'est dans un vieux numéro du *Reader's Digest*, j'ai redécouvert le photojournaliste Robert Capa, dont je me suis souvenu avoir vu certaines photos de guerre. En mille neuf cent trente-six, il a connu la renommée avec un cliché désormais célèbre, la Mort d'un soldat républicain, qui montrait le soldat Borrell croulant sous les balles à la guerre d'Espagne.

J'ai entretenu une fascination respectueuse pour l'exercice de la photographie journalistique : en plus d'être un métier à risque, il faut déployer patience et sociabilité, qualités qui m'étaient jusque-là totalement étrangères puisqu'elles ne cadraient pas du tout avec ma personnalité.

J'ai admiré Capa pour son courage et sa technique, mais également le Français Henri-Cartier Bresson, dont j'ai apprécié la beauté des images, présentées comme des reportages de rues pittoresques de la vie quotidienne. Bresson a été connu des masses grâce à «Rue Mouffetard, 1954», une photographie qui présente un gamin pavanant fièrement au coin d'une rue avec d'immenses bouteilles de ce que l'on peut supposer être du vin sur chaque bras. Aussi à la même période, Robert Doisneau, comme son homologue Bresson, arpentait les rues de Paris tel un passant patient qui guette à une certaine distance les sujets empreints d'humour et de tendresse. Il a été le photographe français le plus renommé à l'étranger pour son populaire cliché de mille neuf cent cinquante «Le baiser de l'hôtel de ville», qui représentait un homme et une femme s'embrassant sur un trottoir encombré de passants.

En ces premiers jours d'automne, le cœur plein d'enthousiasme, la tête remplie d'images, et la caméra chargée de pellicule, j'ai amorcé *my first master class*, sous la direction imaginaire du grand Maître Ansel Adams. Dans ma Nouvelle-Angleterre, les boisés foisonnent et la chaîne des *White Mountains* s'étend à perte de vue. Dans ces montagnes, j'ai composé mes clichés en m'ingéniant à réanimer des natures mortes avec détermination, suivant à la lettre les directives du Maître Adams. J'ai pratiqué les rudiments d'un procédé appelé élaboré par Adams lui-même, le *zone system*, qui permet de déterminer un temps d'exposition dégradé en neuf zones de noir à blanc. Parallèlement, j'ai acquis par moi-même les techniques de prise de vue, de contrôle d'exposition et d'obturation. J'ai exploré ainsi l'art de la photographie, profitant de mon tempérament solitaire, tel le peintre isolé du monde, pour entrer en contact direct avec l'intensité que m'inspire cet extraordinaire médium.

La clarté et l'obscurité se sont bousculées, l'une cherchant à détrousser la position de l'autre. Puis, s'amenant sans prévenir, l'automne glacial est venu déloger cavalièrement l'été pour vite laisser place au climat d'hiver, son inséparable complice. Au moment où le froid s'est emparé du Massachusetts, la neige m'a chassé vers l'intérieur, puis vers le sous-sol où, pendant le congé des fêtes notamment, j'allai développer mes rouleaux de pellicule et en tirer des images en appliquant la technique du *zone system*.

Au cœur de l'hiver, mon esprit avide de nouvelles découvertes a fait la connaissance d'un autre grand Maître. Celui qui a capté mon attention par son art particulier et bigarré est un Américain qui a vécu dans le quartier de Montparnasse à Paris, entre les années folles et la Seconde Guerre mondiale, Man Ray. Celui-ci a innové en révolutionnant l'art photographique. Il a signé des photos de mode pour des magazines et de nombreuses célébrités ont posé devant son objectif. Là où Man Ray a excellé, ç'a été dans l'art du surréalisme. L'histoire a retenu une de ses œuvres en particulier, le « Violon d'Ingres ». On y voit une femme nue, Kiki de Montparnasse, arborant sur ses flancs les ouïes d'un violoncelle créant l'incroyable illusion d'une table d'harmonie. Le style de Man Ray a été des plus créatif, l'artiste maîtrisant les codes visuels au point de pouvoir travestir le réel en surréel. Croyant ma créativité aussi féconde, j'ai été tenté d'imiter le Maître en m'appliquant à toutes sortes d'expériences visuelles dont le résultat a été, tout compte fait, pas aussi spectaculaire que les siennes. En revanche, à la prise de vue, j'ai appris à contrôler la lumière, ce qui a assuré des points à mon bulletin imaginaire.

Étanchant ma soif insatiable de découvertes, je me suis abreuvé auprès de l'inspirant travail des Maîtres Avedon et Sieff, photographes de mode et portraitiste. Le monochrome a eu ma préférence, car le noir et blanc incite l'observateur à contempler le sujet alors que la couleur a pour effet de distraire l'œil. Leur approche stylistique a exercé une influence décisive sur ma démarche professionnelle. L'Américain Richard Avedon possédait un don inné pour la photographie de mode et en portraitiste talentueux, il a saisi de magnifiques portraits de Marilyn Monroe, de Picasso et de Nastassja Kinski, enroulée dans un énorme serpent. Le Français Jeanloup Sieff s'est illustré à tirer le portrait de personnalités publiques et politiques; il a d'ailleurs produit une photo audacieuse du célèbre créateur de haute couture Yves Saint-Laurent posant nu.

Avec ma *Motormatic* bien en main, j'ai mis en scène ma mère habillée de robes amples qu'elle a fait virevolter devant mon objectif comme une star sur le tapis rouge. Je n'ai obtenu qu'un bref instant de l'attention de mon père impatient, mais qui m'a permis de réaliser un portrait spontané assez satisfaisant. Après quelques rouleaux, la lassitude des portraits de famille m'a gagné, mais l'expérience fut enrichissante et somme toute positive.

La dernière année de mes études au *high school*, le printemps s'est finalement présenté, affable, pour supplanter le manque de tendresse de l'hiver glacial. Fort heureusement, le soleil est venu en renfort pour repousser de ses rayons ardents la saison du frimas dans ses retranchements. Tout autour de moi, le parfum frais et suave des filles exhalait comme un bouquet floral s'épanouissant au contact de la chaleur vernale. À ce stade de ma croissance, j'étais au zénith de ma vigueur et celle-ci parvenait à se canaliser avec l'apport salutaire de certains magazines reluisants. Contre toute attente, d'incontrôlables pulsions hormonales m'ont amené à transgresser mes propres règles et une personne est parvenue à me subjuguer, bien malgré moi. Je me suis surpris à scruter l'horizon, en quête de celle à apprivoiser. Bien évidemment, il y en eut une — la plus belle, la plus grande — pour la laquelle mon œil de photographe aguerri succomba. Gonflé d'assurance, je m'approchai d'elle pour me faire connaître. Elle se contenta de me sourire tout en détournant le regard. Son physique attrayant — un corps svelte et un visage harmonieux — m'avaient fait chavirer. De but en blanc, je lui demandai si elle accepterait de mettre sa beauté au service de ma démarche photographique. Elle sembla surprise de constater que je n'étais ni sourd et ni muet. Je lui fis comprendre que j'étais une personne saine et en santé. Je ne pus nier ma discrétion puisque mon silence a tenu au fait : je parle avec les oreilles, je regarde avec le nez, je respire avec les yeux et j'écoute avec la bouche. Joignant la parole au geste, je m'avançai. « Est-ce que je peux approcher ma bouche pour mieux t'entendre ? », me suis-je risqué à demander. Trouvant la suggestion burlesque, elle a pouffé de rire. Nullement effarouchée par son hilarité sonore, je me mis aussi à rire de bon cœur. Une fois la plaisanterie éventée, elle me confia qu'en général, les garçons, craintifs d'être rabroués, n'osaient jamais l'aborder.

Suite à cet épisode, qui s'avéra fructueux, Jennifer et moi ne nous séparèrent plus, du moins jusqu'à la fin de notre union. Au départ, afin de préserver nos libertés — surtout la mienne —, d'un commun accord, nous avons établi certaines règles pour orienter notre relation dans le sens de l'amitié. Jennifer ne pouvait en aucune circonstance compter sur moi pour l'escorter à quelconque sortie. J'ai tenu à ce que notre association repose sur les fondements privilégiés qui unissent le photographe et sa muse.

Dans une partie du sous-sol convertie en studio, j'ai donc braqué ma caméra sur cette sublime créature pour l'immortaliser sur des kilomètres de photogrammes. Rappelant à ma mémoire les connaissances acquises dans mes « *master class* », j'ai joué sur tous les registres, de Man Ray à Avedon. De façon osée, nous sommes parvenus à simuler du David Hamilton, ce titilleur des sens et de l'esprit. Maître dans l'art du nu juvénile, il a su créer un style vaporeux qui lui était propre.

La relation que j'entretenais avec Jenny suivait son cours. Mannequin impeccable, elle se prêtait au jeu théâtral de notre aventure avec enthousiasme. L'extase de notre parfaite harmonie synergique a invité ma déesse à baisser sa garde. Au fil des rouleaux de pellicule, d'un photogramme à l'autre, Jenny a dévoilé par bribes certaines parties intimes de son anatomie devant mon objectif embué. Elle irradiait, sa beauté était fine; nue, elle jouait les lolitas, elle disposait adroitement de son corps tout en mettant délicieusement en évidence la finesse de ses courbes. Tout en retenue, elle a su exposer sa poitrine ferme en proportion parfaite avec sa taille gracieuse. J'ai été surexcité de la regarder se débarrasser de ses pelures. Son entrejambe joliment décoré d'un triangle touffu et duveteux, sa tignasse dorée et le perçant bleu clair de ses yeux m'ont embrasé. J'ai installé la caméra sur le trépied et j'ai dénoué le déclencheur souple sur une bonne longueur. Je l'ai rejointe devant l'objectif. Nous avons dévoilé nos corps nus à la caméra puis j'ai actionné l'obturateur à distance pour saisir notre intimité jusqu'à ce que nous nous perdions sans retenue dans l'acte de l'amour.

Depuis peu, Jenny avait un comportement particulier à l'égard de ma manière de lui témoigner mon attachement. Cette session photo, où nous comptions aborder le style Helmut Newton, avait débuté différemment. J'avais observé chez Jenny un changement d'attitude : elle semblait de moins en moins ponctuelle et démontrait moins d'enthousiasme lors des séances. Intéressée une journée, distante le lendemain, elle me soumettait à une forme de tango psychologique. Alors que j'avançais d'un pas vers elle, elle reculait de deux. Elle s'était mise à parler du poids de mon amour, puis à décrire chacun de mes gestes à mesure que je les posais, puis à voir de la malice dans mes propos pourtant sans arrière-pensée. Ce jour-là, j'avais remarqué que l'ambiance des lieux avait soudain une autre densité. L'esprit de Jenny prenait d'étranges chemins. Elle avait choisi de se moquer de moi en m'envoyant quelques attaques bien senties. Habituellement amicale, elle tournait tout en dérision. « Tu me veux comment? Je me fous à poil, comme d'habitude? », avait-elle demandé, mi-figue mi-raisin, sur un ton que je ne lui connaissais pas. J'étais estomaqué par sa remarque, où son corps prenait soudainement valeur de marchandise. « Tu peux porter le vêtement de cuir qui se trouve là », lui suggérai-je d'une voix douce pour éviter le piège à querelle. Je n'ai pas pu déceler si son intention avait réellement été perverse ou si elle jouait simplement un personnage sado-maso tiré de l'œuvre d'Helmut Newton. Dans ces conditions troublantes, nous avons néanmoins entrepris une série de portraits érotiques qui incluaient des poses de soumission, cherchant à créer notre propre *Big Nude* à nous.

À chaque projet, dévoré par ma passion, je passais le plus clair de mon temps à peaufiner chacun des clichés en chambre noire, allant parfois jusqu'à négliger ma muse. Progressivement, Jennifer s'est mise en tête de me blâmer constamment, me faisant tous les reproches imaginables. Elle a allégué que je m'étais servi d'elle comme d'un vulgaire jouet, puis a dit avoir eu le sentiment de n'avoir été qu'une pièce de viande à mes yeux. Dans ses propos, j'ai décrypté qu'elle s'était attendue à un peu plus de notre relation, cherchant à modifier la trajectoire de notre intimité au-delà de la chair pour profiter des attraits d'une vie conjugale. Je devinais à l'avance les situations embêtantes qui m'attendaient si je sautais dans une relation à long terme : je serais contraint de la sortir, de m'exhiber en public avec elle et de lui rendre des comptes sur mes occupations. Je lui ai donc expliqué que ma passion pour la photographie surpassait toute considération. Elle a mal encaissé le coup, puis s'est mise à me rembarrer à tout crin, hurlant que j'ai été un salaud comme tous ces hommes passés maîtres dans l'art hypocrite de posséder les femmes bonnes et douces. Elle a voulu m'enrôler, et moi, déserter. Après quelques mois d'un concubinage palpitant, l'aventure a pris fin abruptement. J'ai alors pris la ferme résolution de ne plus m'attacher. Refusant d'associer les rapports charnels à l'esclavage affectif, j'ai préféré dès lors de m'acquitter exclusivement de ces échanges qu'avec des filles tarifées. Embourbées dans une relation, les ambitions professionnelles se trouvent ensevelies, et toute motivation de s'en dégager est annihilée. Depuis cet épisode, je suis sans nouvelle de Jennifer, et je n'ai jamais tenté de la recontacter.

Au bout de trois années d'études au programme de photographie à la *Boston University*, j'ai obtenu un diplôme avec honneur et mention et une bourse qui m'a permis d'effectuer un stage dans une agence publicitaire en France. J'ai quitté Boston et la famille où j'ai grandi sans causer de tsunami. Mon père m'a été reconnaissant d'avoir mué sans faire trop de bruit. Rien de surprenant : j'ai dans mon bagage génétique son caractère d'homme distant. Jamais ne m'a-t-il invité à participer à quelque activité couramment pratiquée par un père et son fils. D'aucune façon ne s'est-il proposé pour s'adonner à un sport en tandem. En aucun temps ne nous sommes-nous lancé la balle dans le jardin. Jamais n'a-t-il installé un panier au-dessus de la porte de garage pour que nous puissions faire ensemble quelques lancers de basketball. Jamais, au grand jamais ne m'a-t-il offert de bâton de hockey pour que lui et moi nous adonnions à une joute de rue spontanée. Je n'ai rien partagé, pas même une accolade, avec cet homme que j'ai respecté, et que j'ai couramment nommé monsieur plutôt que papa.

Quant à ma mère, elle a été tout le contraire de cela. Elle fut aimante et complice. Lorsque je lui ai fait part de mon désir d'entreprendre des études en photographie, elle a accueilli la nouvelle avec un réel enthousiasme. Elle n'a pas attendu Noël ou le jour de mon anniversaire pour m'offrir un appareil photo professionnel : spontanément, elle a proposé d'acheter le modèle nécessaire à mes études. J'ai accepté l'offrande non seulement comme une marque d'affection, mais surtout comme un signe de confiance. Afin de la remercier, je l'ai serrée dans mes bras.

Au printemps alors que j'étais en France ma mère s'est préparée pour le grand Marathon de Boston. Obstinée à vouloir réussir, elle s'est rendue sur le parcours afin d'étudier le trajet en détail. À son retour à la maison, marchant sur le trottoir, elle a été renversée par une voiture qui a bêtement quitté la chaussée. Elle a trouvé la mort dans une banlieue censée être paisible.

Sans me mettre à la porte, mon père s'est débarrassé de la maison. En guise d'héritage, il a versé sur mon compte la moitié des gains tirés de la vente de la propriété. Prenant prématurément sa retraite, il a disparu en Arizona dans son *mobile home* sans ne plus jamais donner signe de vie.

Au-delà de cette somme, ma mère m'a légué quelque chose d'infiniment plus précieux : une maxime qui lui était propre et qui s'est ancrée profondément en moi : « Réussir sa vie, c'est d'avoir su préserver sa santé. Réussir son existence, c'est d'avoir su éviter de se dénaturer ».

La douleur provoquée par une migraine m'extirpa du maelstrom de mon examen de conscience. Confronté à ces épuisantes acrobaties cérébrales, je pris la décision de marcher dans la direction de mon studio, dans l'intention d'aller y dormir.

4

LE DÉNI

Lorsque je pensais à mon destin, je n'éprouvais ni ressentiment ni chagrin. Je n'avais pas peur de la mort, aucun frisson me glaçait le sang en pensant qu'un jour, la lumière du soleil cesserait de tout éclairer, comme si les ampoules s'éteignaient d'un seul coup, et que je me retrouverais dans le noir, seul et sans repère. Je ne voulais pas penser au dernier moment, ni faire la paix avec mes démons. Je ne souffrais pas. Du moins, mon corps n'envoyait aucun indice de mon anéantissement. Ils me disaient incurable : j'aurais dû les croire, mais je me refusais à cette idée.

Je m'échinais à retracer l'origine de ce trouble, tentant d'imaginer ce qui avait pu tromper ma vigilance. Une idée étrange me traversa l'esprit : et si la piqûre de moustique équivalait à un avertissement. Peut-être, méritais-je cette punition, me disais-je : j'avais passé outre les conditions de mon contrat en photographiant à son insu le papa le plus fort du monde dans le cadre de ses fonctions de président des États-Unis d'Amérique.

Au centre sportif, je m'entraînais à la course à pied jusqu'à l'épuisement. Je n'avais aucun signe de dépérissement, ma condition était asymptomatique. J'éprouvais les sensations habituelles de bien-être liées au sport sans la moindre manifestation du trouble que l'on m'avait diagnostiqué. Il me paraissait primordial de préserver un mode de vie sain, un équilibre.

Je ne savais pas comment m'y prendre pour échapper à l'étau qui se resserrait contre moi. J'entretenais le vague espoir que la médecine naturelle, dont je trouvais les échos sur Internet, puisse me venir en aide. Je consultais de multiples ouvrages scientifiques, je lisais les brochures distribuées par les organismes de bienfaisance et je visitais des cliniques thérapeutiques virtuelles.

Je décelais aisément les filous de tout acabit qui abusaient de la détresse humaine en proposant l'absorption orale de panacées miraculeuses. Mais parfois, tout aussi crédule que quiconque, je localisais une enseigne dans le *Financial District* où l'escroquerie s'affichait sans pudeur apparente et je voulais y croire.

À mon premier rendez-vous au sanatorium, tous me félicitèrent. À la suite d'un diagnostic médical aussi accablant, il était prodigieux d'avoir si bonne mine. Malgré mes qualités d'athlète, il arrivait à l'occasion de ressentir un peu de fatigue. Les spécialistes promettaient d'y remédier et d'améliorer ma condition en adhérant à leur procédé.

Le compteur de mon existence annonçait une date de péremption et j'arrivais à échéance. Considérant la limite de mon parcours, cela ne me laissait guère de temps d'expérimenter leur procédé, qui nécessitait plus d'une année de traitement pour prouver son efficacité.

Puisque je possédais une condition physique exemplaire, les chances de réussite dudit traitement penchaient en ma faveur. Il n'en fallut pas davantage pour me convaincre et j'abandonnai mon sort aux soins du sanatorium en m'engageant dans une guerre qui allait forcer l'envahisseur à battre en retraite.

La fermeture de mon entreprise pour cause de décès sabotait mon moral plus que ma mort annoncée. Depuis le jour où le destin m'avait mis en contact avec la photographie, je me consacrais corps et âme à cette seule et unique ambition de devenir un photographe réputé.

Dans l'univers de la représentation, j'étais passé maître dans l'art du portrait. Lorsque j'approchais des individus sans frontières, des êtres possédant des capacités héroïques d'agir positivement sur l'humanité, j'étais fasciné de voir combien ils étaient d'une émouvante vulnérabilité dans l'intimité. C'est qu'ils étaient seuls. Isolés comme moi, dans ce même état solitaire que j'avais toujours apprécié. Possiblement que la ressemblance de nos solitudes lors des séances photo facilitait notre rapprochement.

L'envie de tenir ma caméra me brûlait les doigts. J'étais près de succomber aux appels incessants des Chinois qui tentaient par tous les moyens de m'attirer dans leur giron en proposant des solutions attrayantes et irrésistibles. Je voyais là une opportunité exceptionnelle de relancer mon entreprise. Je n'allais pas laisser filer une telle occasion parce qu'on m'avait diagnostiqué quelque chose à la va-vite : sans doute une erreur médicale.

Après ma foulée sur le marché prospère du Moyen-Orient, je me projetais déjà dans la conquête de l'Asie. Non seulement étais-je devenu le plus grand photographe occidental du siècle nouveau, j'allais être celui qui révélerait le nouveau visage de l'Orient.

Comme à mes habitudes, toutes les semaines, je me rendais à mon sanatorium du *Financial District* pour effectuer des tests sanguins et renouveler mes stocks de vitamines. Pendant les visites, je discutais habituellement avec le clinicien à propos de mon état de santé et les nouvelles étaient encourageantes. Mais ce jour-là, l'entretien se présenta autrement : on me prévint que les résultats n'étaient pas ceux escomptés.

Mon corps ne réagissait pas adéquatement au traitement thérapeutique. Remettant en cause mon entraînement sportif, le clinicien me conseilla vivement de cesser les activités d'endurance pour ne pas compromettre les bienfaits du traitement.

Outré par ses allégations, je me bondis de ma chaise : comment l'activité physique pouvait-elle nuire à ma santé? Avant de quitter mon interlocuteur, j'affirmai vivement que je doutais de son procédé, et que je préférais abandonner le traitement plutôt que de renoncer au sport. À ma sortie de la clinique, sur le trottoir, je cherchai une direction à emprunter; incapable de raisonner convenablement, je laissai à mes jambes le choix de la direction à prendre.

Le corps médical me condamnait sans délai d'épreuve. Je ne disposais d'aucun recours, je n'avais pas la moindre perspective d'acquittement. Je ne pouvais obtenir le droit à la clémence, ni même espérer un allégement de mon châtiment.

J'étais incapable de me résigner à accepter le diagnostic du médecin. Je m'érigeais sans crainte devant la mort : je n'allais pas mourir. Je rayonnais de santé, je me savais capable de défier la mort comme je me savais capable de résoudre l'énigme qui permettait de tout expliquer.

Je ne croyais pas à la malchance, car pour moi, la chance se créait en prenant les moyens pour parvenir à nos fins. La détermination me poussait à tout mettre en œuvre pour empêcher les abominables racines meurtrières de s'agripper et de s'enfoncer davantage dans mes entrailles.

À la recherche d'une bouée de sauvetage, je naviguais frénétiquement sur Internet. Je me posais en prospecteur en quête du traitement salvateur. Ma recherche m'amena à renouer avec des liens sauvegardés lors de précédentes explorations.

En tête de la page le *Hippocrate Institute*, un titre en accord avec mes principes évoquait un monde meilleur. On fournissait un espoir heureux à tous ceux en quête de vitalité. Ce havre de paix, situé au cœur de la nature sous le soleil de Miami, me promettait un paradis où purger mon corps. Leur théorie prônait qu'un esprit en paix était propice au processus de purification. Je reconnaissais dans ces mots apaisants l'encouragement nécessaire pour soutenir ma démarche de récupération.

Mes recherches sur cet institut m'exaltaient. Retrouvant la foi, je me réconfortais dans mes certitudes. Il fallait créer sa chance et rester optimiste. Mais même enthousiaste, je ne voulais pas limiter mon choix néanmoins à cette unique trouvaille. Par le truchement d'un moteur de recherche, j'approfondis donc mon investigation, en quête d'autres traitements qui seraient tout aussi efficaces. Une première page apparut : le violet de certains titres me rappela que j'avais consulté ces pages antérieurement. Un seul titre apparaissait en bleu : celui de la clinique du docteur Brodsky.

À l'écran de mon ordinateur, j'eus une seconde illumination. En parcourant l'article, j'appris qu'un médecin britannique avait développé une théorie curative révolutionnaire qui faisait ses preuves. Je n'avais pu me résoudre à croire que la science n'était pas disposée à me soumettre à l'action d'un traitement médical. L'article sur la clinique du docteur Brodsky me rendit fou de joie : je savais que la science ne m'abandonnait pas totalement.

La cure consistait en un traitement à base d'acides aminés. Puisque les peptides se retrouvaient à l'état naturel dans le sang humain et dans l'urine, la méthode requérait de boire son urine afin de récupérer ce que le corps n'arrivait pas à tout synthétiser de lui-même. Un frisson de dégoût me saisit à l'idée d'absorber le produit de ma miction. La désagréable idée se transforma vite en fou rire : je m'imaginais remplir un verre d'urine ou encore essayer d'orienter le jet jusqu'à ma bouche, debout dans la baignoire, la verge en l'air. Ces pensées répugnantes, mais fort rigolotes me dissuadèrent d'aller plus loin dans cette direction.

De toute façon, je ne possédais pas suffisamment d'argent pour acquitter le montant exigé pour cette cure inusitée. Même en vendant mon studio et y en ajoutant le gage de mes assurances, je pourrais à peine réunir la somme requise pour ce type de traitement. N'étant pas porté sur les interactions sociales, je ne connaissais ni ami ni relation professionnelle, personne pour me venir en aide, personne vers qui me tourner pour emprunter de l'argent.

Je n'avais pas l'habitude de rester longuement inactif devant l'écran de l'ordinateur. Pour apaiser mes douleurs lombaires, je mis un terme à ces projets illusoires et éteignis l'appareil pour aller dégourdir mes muscles au centre sportif. Je m'entraînais seul et j'allais mourir de la même manière que je m'entraînais.

5

LA LUXURE

Depuis le décès de ma mère, j'avais cessé de courir dehors, préférant l'entraînement intérieur du centre sportif, plus sécuritaire. Courir sur un tapis de course n'était pas si mal après tout. Je pouvais contrôler la vitesse de défilement et en modifiant l'inclinaison de l'appareil j'avais parfois l'illusion de courir dans une véritable pente.

Débordant d'énergie, je courais inlassablement contre la montre, recréant mon marathon personnel. Je consacrais mes efforts à surpasser mes propres limites, allongeant les distances et étirant chaque jour mon espérance vie. Mon corps s'amincissait, devenait plus ferme; sous la peau de mon ventre, de petits monticules musculaires, dont je tirais une exaltante fierté, commençaient à apparaître.

Gonflé d'orgueil, je me décidai à essayer la musculation. D'une main ferme, j'arrachai du socle un haltère de poings de trente kilogrammes, puis j'éloignai et ramenai successivement le poids contre ma poitrine en pliant le coude.

« Un dieu doit aussi avoir de bonnes cuisses comme Hermès. Et pas seulement des biceps surdimensionnés comme Samson, un demi-dieu. » Je relevai la tête : une femme se tenait devant moi, une serviette sur l'épaule. À bout de force, je laissai tomber l'haltère. « T'as de belles jambes et un cul vraiment appétissant », ajouta-t-elle de sa voix basse et assurée, une étincelle au coin de l'œil. « C'est un pur gaspillage de perdre la rondeur de telles fesses au détriment d'un poitrail de coq! »

« T'as envie de devenir un homme-tronc? Tu sais, comme le marié aux jambes en cure-dents planté jusqu'au tronc dans un gâteau de noces, à côté de la mariée », observa-t-elle avec le sourire aux lèvres. Je trouvais la métaphore surprenante et très amusante.

« Y a pas de mal à se faire du bien », rétorquai-je. « Puisque t'as terminé ta séance, on va chez moi se faire encore plus de bien? Je te retrouve plus tard à l'entrée. » La foudre s'abattait, le courant passait. « Le temps de passer au vestiaire », répliquai-je. Mais elle était déjà disparue.

J'aperçus souvent de loin cette femme à l'autre bout de la salle. Nous fréquentions le gymnase aux mêmes heures de la journée. Toutefois, nos programmes d'exercice ne coïncidaient pas dans les mêmes salles d'entraînement.

Je la repérai pour la toute première fois au moment où je cavalais à grande enjambée sur le tapis de course qui défilait sous mes pieds; au fond de la salle, son corps souple et musclé m'apparut, multiplié par des miroirs panoramiques. Tandis qu'elle s'adonnait à la gymnastique, j'observais chacun des mouvements d'un œil attentif. Elle n'osait jamais me regarder dans les yeux.

Je me souviens de ce jour où elle ne se trouvait pas au fond de la salle à exécuter son programme comme je m'y attendais. Quand soudain, elle surgit en réflexion dans tous ces miroirs. Les rôles apparurent inversés; qu'importe l'angle du miroir dans lequel elle prenait ses poses quasi acrobatiques, c'était elle qui braquait ses yeux intenses sur ma personne. Son regard s'intensifiait et resserrait son emprise sur moi.

Une fois, elle usa de cette méthode pour me dévisager pendant que je courais sur le tapis de course. Elle fit irruption, accompagnée de son instructeur, et elle vint s'immobiliser droit devant moi. J'étais hors d'haleine, propulsé dans un « élan statique » sur mon tapis de course. Pendant qu'elle et son entraîneur conversaient, elle alternait son regard entre lui et moi, me dévisageant avec insistance.

Sa proximité me permit de contempler en chair et en os cette blonde aux cheveux noués et au teint hâlé, qui n'apparaissait habituellement qu'en réflexion sur les miroirs du fond de la salle. Ses mains trahissaient son âge. Elle devait être dans la cinquantaine. Son visage, où les traces de vieillesse avaient été estompées grâce au bistouri, au botox et au remodelage au collagène, n'en était pas moins naturellement joli.

Cette femme prénommée Gloria, m'amena dans sa *Mercedes* quatre-quatre noire jusqu'à son luxueux appartement au haut d'une tour du centre-ville de Boston. Dès le moment où la porte se referma derrière nous, elle dénuda son corps ferme et musclé dont la peau paraissait desséchée. En posant le pied chez elle, je compris immédiatement que je venais de pénétrer dans une arène bestiale.

Pour satisfaire son insatiable appétit, Gloria bondit sur moi, transportée par une furie féline et elle arracha avec fougue mon polo, mon jean et mon caleçon. Tel une fauve elle lécha chacune des parcelles de mon épiderme, glissant la langue partout où lui dictait son instinct pervers. Elle lapait à même les pores de ma peau mes essences de musc et de sueur rance.

Elle m'ordonna de m'étendre à plat ventre sur le dossier du sofa, les jambes légèrement écartées afin de mettre mon postérieur en évidence. Je sentis à la surface de ma peau sa respiration haletante qui s'approchait en douceur du duvet mes fesses. Elle massait tendrement mon séant tout en caressant la fente avec son nez. Elle humait avec délectation l'odeur fétide de poisson mort émanant de mes parties intimes, que je n'avais pas toilettées.

D'un geste brusque, elle plongea les mains dans mon pli interfessier, écartant mes miches pour livrer mon trou à l'air libre. Abruptement, je sentis sa langue douce et humide glisser sur ma fourche remontant du périnée au coccyx.

La table était mise, les cartes distribuées et la partie s'annonçait chaude pour nos deux corps ardents sans âme s'évertuant à forniquer torridement. Notre échange n'était pas à sens unique : chacun prenait à tour de rôle le dessus, tirant sa jouissance du corps de bête musclée et sauvage de l'autre.

L'étreinte, toujours plus vive, s'était déplacée jusqu'à la salle de bain. « On va se doucher, on va se savonner et se frotter l'un contre l'autre. Tu vas voir, c'est encore plus excitant! », annonça-t-elle tout en empoignant ma bouche pour en tirer un baiser dégoulinant de salive. J'anticipais la douche avec impatience, car ce serait une occasion de me ressourcer : Gloria avait tiré toute l'encre de mon stylo et ce répit allait me permettre d'écrire un nouveau chapitre.

Cette femme ne désira nullement combler ses besoins physiques dans une étreinte simplement amoureuse ou romantique. Pour satisfaire ses désirs, elle trouvait son excitation dans une sexualité débridée où elle pratiquait l'érotisme de l'obscène à la fois intense et extrême. Elle s'adonnait en râlotant à un acte sexuel dépravé qui l'éloignait de la sensualité et qui l'approchait de la brutalité sans pudeur ni censure. Sa respiration haletante témoignait son plaisir abandonné à une sexualité explicite axé sur les parties génitales. Plongée dans une pornographie agressive, elle avait joui en crescendo par *fist* fornication atteignant l'orgasme dans une extase violente qui lui parcourut l'échine et la secoua de spasmes.

Lors de nos ébats, surtout pour ne pas déplaire à ma partenaire, je me soumis à ces excentricités. Je possédai moi-même de l'appétit en matière de sexualité. Depuis toujours, je fus un défendeur des libertés sexuelles. Néanmoins, même en faisant preuve d'ouverture d'esprit, j'avais ressenti de l'inconfort pour avoir été quelque peu forcé de m'abaisser à n'être qu'un joujou pour assouvir sa paraphilie.

Gloria avait un style hors du commun et de la suite dans les idées. Avant notre rencontre, elle avait acquis à la boutique du centre sportif des survêtements à ma taille pour remplacer ceux qu'elle comptait saccager. En prime, j'eus droit à des chaussures de course. J'avais l'air d'une star olympique. J'étais embarrassé de n'avoir rien à lui offrir. Je l'invitai à souper, mais elle refusa mon offre catégoriquement. Elle me fit comprendre que nos ébats n'auraient aucun lendemain et qu'elle comptait sur ma discrétion. Elle ajouta qu'elle se réjouissait à l'avance de me recroiser au centre sportif.

— Tu as aimé baiser avec une grand-mère?

— Tu n'es pas vieille.

— Merci du compliment. T'as quand même baisé avec une femme de soixante-huit ans.

— L'expérience a été palpitante. Tu es phénoménale, Gloria!

— Je serai encore plus phénoménale la semaine prochaine : je passe sous le bistouri! Reconstruction vaginale. Je serai aussi neuve qu'à mes huit ans, aussi vierge que Marie.

Avant de quitter son appartement, je m'approchai de Gloria pour lui dire au revoir. Je crus qu'elle s'alignait pour m'embrasser à pleine bouche, mais elle se contenta de m'étreindre amicalement. Après tout, nous nous étions vautrés dans une luxure dépourvue d'amour, avions échangé une sexualité mécanique sans le moindre sentiment. Je m'éclipsai laissant Gloria sans promesse, sans attache et sans jour à venir.

Dans les jours qui suivirent, je m'employai à dissoudre mes journées entre mon studio et le centre sportif. Le temps passant, je me désintéressais de la course à pied. Je ne voyais donc plus Gloria s'étirer devant les miroirs; cela faisait d'ailleurs quelques semaines que j'étais sans nouvelles.

Poursuivant sans motivation mon plan d'entraînement, je remplaçai progressivement la course à pied sur tapis de course par un programme intensif où je pouvais déployer davantage ma force musculaire. Les effets résiduels du traitement thérapeutique que je suivis combinés aux haltères contribuaient visiblement à faire rejaillir ma saillante musculature.

Le conditionnement physique m'évitait de me soucier de la provenance de cette calamité infligée. Grâce à l'entraînement, je faisais le vide dans mon esprit, je ne songeais pas à mon sort. Peiner à lever de la fonte à bout de bras me permettait de me soustraire aux idées sombres qui me rongeaient l'esprit.

Je dois avouer qu'une seule chose m'intriguait : l'absence prolongée de Gloria sur les lieux. Pour en connaître les raisons, je me rendis auprès du commis de réception du centre sportif en vue de glaner quelques informations au sujet de sa disparition subite. Je me fis rassurant, expliquant comment je l'avais connue, insistant sur le fait que notre relation était amicale et courtoise. Le commis consulta le registre sur l'ordinateur puis décrocha le téléphone. Après avoir dit le nom complet de Gloria, il fit une pause puis raccrocha. Il me prévint que la gérante était en chemin.

« Nous avons le regret de vous informer que madame n'est plus membre de notre club. Gloria nous a quittés », m'avisa cette gérante d'un ton solennel. « Elle était insatisfaite de vos services? » demandai-je. « Absolument pas, monsieur! Gloria a rendu l'âme. » Apprenant la nouvelle, je m'esclaffai. Bien entendu, je ne pouvais leur dire ce qui m'avait traversé l'esprit : j'avais été le dernier repas de chair fraîche de cette femme couguar. Affichant un certain malaise, la gérante s'étrangla. Sans prévenir, je laissai mes interlocuteurs en plan et quittai le centre sportif, pris d'un incontrôlable fou rire.

6

LA RÉSIGNATION

Je me réveillai en sursaut. Un rêve érotique m'avait extirpé de mon sommeil. J'avais inondé ma couchette de sueur. Je m'empressai de remplacer la literie. Mon réveille-matin marquait quatre heures. Je me replongeai sous les couvertures, et rembobinai le film de ce cauchemar pour me le repasser.

Il s'agissait d'un docudrame où un thème récurrent de ma propre vie était mis en scène : la fornication. Le traitement cinématographique dévoilait un montage séquentiel où j'apparaissais à diverses époques, refaisant continuellement les mêmes gestes, mais chaque fois dans des lieux différents, avec des actrices différentes.

Un court-métrage à l'allure de bande-annonce, appuyé par des effets sonores entre chaque scène et dont la déferlante d'images s'empilait en couches successives, me montrait tous ces moments où je m'étais trouvé en pareille circonstance.

Le montage de plans réunissait les séquences des meilleurs moments où je m'étais envoyé en l'air. En échange de faveurs sexuelles, je payais ces filles avec lesquelles je n'entretenais aucun lien amical, des professionnelles pour la plupart.

Ce rêve qui avait hanté ma nuit me fit prendre conscience de mes activités comportementales. Le pouvoir et l'argent qu'apportait le statut professionnel étaient sans limites pour s'abandonner aux jeux du désir et de la séduction. Je ne pratiquais pas de fétichisme sexuel et je n'affichais aucune déviance malsaine toutefois, étant de nature gourmande et vorace, mon appétit pour le coït ne se limitait pas exclusivement à la mouillette. Même avec l'emploi de contraceptifs, mes partenaires et moi allions au-delà de ce que proposait le commerce pour nous protéger.

Je me prêtais avec aisance au plaisir charnel de la chair des femmes, butinant jusqu'à l'ivresse dans la rosée perlant sur les pétales de leur fleur empourprée. Je restais fréquemment sur ma faim, cherchant à me sustenter exclusivement d'expériences gustatives. Jamais je ne me suis rendu coupable de pêcher par excès.

Je visitai et revisitai mon passé à la recherche de ce qui aurait pu être responsable de mes troubles de santé. En fin de compte, je ne pus isoler aucun comportement répréhensible. Je ne soupçonnai pas le moins du monde que mon appétence pour le cunnilingus ait pu me mener là où j'en étais rendu, or, je sais maintenant que c'est par cela que j'ai contracté, avec l'une de mes nombreuses partenaires, cette affection venue se tapir tout au fond de mon corps.

Cette mine sous-marine transportée dans mon flux sanguin s'amarrait au récif de mes entrailles, guettant une erreur de navigation pour activer la mise feu et transformer ma vie en épave. Elle n'attendrait pas de me voir vieux et impotent pour exploser; au contraire, sa déflagration aurait lieu alors que je suis à l'apogée mon existence.

Je me sentis soulagé d'avoir enfin découvert la provenance ce qui m'accablait. J'espérais trouver dans mon raisonnement la consolation nécessaire pour rattraper mon sommeil. Je jetai un dernier coup d'œil sur l'afficheur de mon réveille-matin : une heure déjà s'était écoulée depuis le moment où je m'étais glissé entre les couvertures propres. Battant des paupières, je vis apparaître Morphée. Il s'approcha, m'empoigna et m'emporta au loin, dans ses limbes.

De manière inattendue, avant de quitter la réalité pour le pays des songes, tel un élastique distendu qui se relâche soudainement, je me recroquevillai dans mon lit, heurté de plein fouet par une vive douleur à l'abdomen. Des crampes me lacéreraient les entrailles de manière si intense que je parvenais à peine à respirer.

Je tentai de me lever pour chasser la douleur. À peine m'étais-je mis debout sur mes pieds, que je m'écroulai de tout mon long sur le plancher de ma chambre. Je bramai mon désespoir : tout mon corps me faisait horriblement mal. J'invoquai l'esprit de ma mère, la suppliant de me venir en aide de là-haut. Personne ne vint à mon secours. La douleur mit un certain temps à se dissiper et après la crise, j'arrivai finalement à mieux respirer. Ramenant mon corps en position fœtale, je frémis dans la pénombre, seul et mortifié, tout le reste de la nuit.

Le matin venu, je retournai au *Boston Medical Center*. Je me retrouvai devant le même médecin qui, un mois plus tôt, avait prononcé ma condamnation. Inquiet, je venais lui parler des douleurs thoraciques de la veille. Je lui expliquai également comment, après une réflexion fastidieuse, j'avais découvert la provenance de mon mal. Il était parfaitement invraisemblable pour quelqu'un comme moi d'être souffrant, puisque toute ma vie, j'avais pris soin de ma santé avec assiduité; il devait donc y avoir eu erreur médicale et il fallait tout simplement procéder à de nouveaux examens.

Le médecin m'écouta avec attention sans jamais détourner mes yeux du regard. Une fois mon discours terminé, il se repositionna sur son fauteuil et tira vers lui un calepin et un stylo pour griffonner quelques mots. Il me tendit l'ordonnance.

« Je vous prescris le nécessaire pour soulager vos maux. Comme je vous l'ai déjà mentionné, la science ne peut rien pour votre cas. Sachez que nous avons envisagé toutes les possibilités offertes pour venir vous en aide. Je compatis avec vous, monsieur, et j'admire votre détermination. Vous devez vous rendre à l'évidence : votre décès est éminent. Il vous faut me croire et accepter la réalité telle qu'elle est. Je vous suggère de cesser de vous torturer et de profiter de vos derniers instants pendant que vous en avez encore la force. Prenez le temps qu'il vous reste pour penser à vous. »

Je quittai le bureau avec l'ordonnance du médecin entre les doigts. Jamais de ma vie ne m'étais-je à ce point senti anéanti et dévasté par la gravité de mon destin. Je ne pouvais croire que ma situation était à ce point irrémédiable.

Il pleuvait à verse et cela ajoutait à mon sentiment d'impuissance : depuis toujours, je tenais la pluie en horreur et voilà qu'en ce moment de désarroi absolu, elle s'abattait sur moi comme des clous rivant mon cercueil.

Je hélai un taxi. Aucune voiture ne se rendait disponible. J'emboîtai le pas le long du boulevard, bras en l'air, me présentant comme un passant en détresse.

À cet instant, un autocar longea le trottoir, passa dans une flaque d'eau brunâtre profonde et m'aspergea tout entier, me laissant trempé de la tête aux chaussettes.

La tête levée vers les cieux, je m'esclaffai devant l'insignifiance de la vie. Mais pourquoi tout ça? Tout aurait-il été différent si je n'avais pas été celui que je suis

Ne couvant aucun virus, et n'étant pas porteur du moindre microbe délétère, je me trouvais confronté à l'inexplicable. Ce mal abstrait, incurable et si agressif, s'acharnait à tout détruire sur son passage. En y pensant bien, je méritais cette abomination.

Jamais n'étais-je affable, charitable; je pense que j'étais même absolument incapable de faire preuve de la moindre forme d'altruisme. Ma vie n'avait été jusqu'ici qu'une manifestation d'égocentrisme et d'amour-propre. Je menais une vie solitaire et individualiste, me tenant éloigné de la chaleur humaine. Inconsciemment, je comblais mon vide intérieur par un trouble glacial qui avec le temps avait fini par épouser mon corps.

À ces pensées, je cessai de rire. Ma gorge se noua et je ne parvins plus à retenir mes sanglots. J'étais démuni comme au premier jour de ma vie. Un flot de tristesse me submergea et un torrent de larmes impossible à endiguer se déversa le long de mes joues, juste avant de déverser ma rivière de désespoir, mes pleurs mêler au déluge furent emportés dans l'orage. Pour dissimuler mon chagrin, j'emboîtai le pas vers mon studio. Je préférais marcher dans l'averse plutôt que me tenir droit dans l'ondée de mes sanglots.

Je m'éveillai dans ma chambre. La pièce baignait dans la pénombre. Par le rideau entrouvert, je vis que la lueur du matin était retenue par un lourd couvert nuageux.

Je venais de dormir trois nuits et trois jours consécutifs. J'avais profité du martèlement désorganisé des précipitations qui rythmait mon itinéraire en hypersomnie pour engourdir mon esprit. Lors de cette petite mort cérébrale, en aucun cas, ne m'étais-je levé pour boire, uriner, manger ou déféquer. Le jour, j'évitais simplement de m'éveiller. Je voulais mon sommeil sans escale et sans fin. La nuit, fuyant la réalité, je profitais occasionnellement de la noirceur pour m'extirper de ma léthargie, l'instant d'un soupir, avant de replonger sous hypnose.

Je m'efforçai de me rappeler avoir rêvé : rien ne vint à l'esprit, tari de toute pensée, sans la moindre empreinte de stigmates. Je me sentais taciturne, j'éprouvai le désir de m'enlever la vie sur-le-champ, un besoin viscéral de mourir, de ne plus être.

Dans le ciel noir, précédé par un enchaînement de craquements, le tonnerre retentit. Je tendis l'oreille, guettant le moment où la pluie allait commencer à battre la mesure contre la fenêtre. Mais elle ne vint pas. J'entendis en revanche le grondement sourd de l'orage s'éloigner à l'horizon.

Je n'avais pas assez de force pour regagner le sommeil. Une obsession me poursuivait depuis mon réveil : je souhaitais me suicider. Je désertai mon lit, traversant la fraîcheur glaciale et humide du studio pour trouver dans la pharmacie des pilules à destruction massive qui m'aideraient à mettre fin à cette guerre lente contre la mort.

Contre toute attente, je me rendis au-dessus de la baignoire faire couler l'eau de la douche. J'entrai sous le jet d'eau pour me réchauffer. Au profit d'une douche, j'avais mis mon projet d'attentat à ma vie en veille. Les yeux clos, massant mon cuir chevelu avec du shampoing, je me débarrassai de mes sinistres songes. Après le rinçage, j'ouvris les yeux pour constater que le soleil avait fait fuir les nuages et que ses rayons illuminaient le carrelage de la salle de bain.

Après avoir pensé au vieil adage « Après la pluie, le beau temps », je me rappelai George Sand, qui avait dit : « Les déceptions ne tuent pas et les espérances font vivre. »

N'en faisant habituellement qu'à ma tête, ne permettant jamais à qui que ce soit de décider à ma place, j'envisageais pour la première fois de prendre en considération l'opinion d'autrui et de m'appuyer sur les conseils du médecin. Je ne m'avouais pas vaincu. Jusqu'ici, depuis la nouvelle, je m'étais mis en tête de bouleverser mon existence par moi-même, pour ne pas laisser la vie s'en charger elle-même.

Je ne sais lequel des deux, la douche ou le soleil, estompa ma mélancolie, mais sortant de la salle de bain, ragaillardi par ce court examen de conscience, j'avais décidé de bousculer le cours des choses et de renverser mon destin.

7

L'IMPOSTEUR

La porte de l'immeuble se ferma derrière moi. Le soleil me sourit, et, le cœur léger, je lui rendis la pareille afin de le remercier d'éclairer le pavé de ma destinée. J'empruntai cette fois le chemin de la facilité, jetant aux orties la discipline et la rigueur auxquelles j'attachai une importance démesurée.

Dorénavant, j'allais m'accorder ce que je me refusais depuis trop longtemps. L'étape initiale consistait à modifier à mes habitudes alimentaires. Jusqu'alors, je ne m'autorisais que des repas « scientifiquement nutritifs », et habituellement fades et frugaux. Je me gardais de consommer du sucre, du gras et du sel, composantes alimentaires si chères à mon Amérique natale. Bien entendu, je m'imposais une discipline de fer et jamais je ne me laissais aller aux abus et à la gourmandise.

Je quittais mon quartier cossu de Back Bay en taxi pour traverser la ville en direction du quartier de tous les excès, North End, haut lieu de délices gourmands et de bacchanales. À notre arrivée, je demandai au chauffeur de me laisser descendre devant les portes de la tentation. Sur Hanover Street dans Little Italy, un monde en perdition s'ouvrait à moi. J'inspirai par le nez, puis bombai le torse pour me moquer de la vie.

N'ayant guère l'habitude de faire bonne chère, je ne savais à quelle table me dévouer sans réserve. Je tirai une chaise sur la terrasse de la première institution à l'entrée de la rue et amorçai mon initiation. En guise de hors-d'œuvre, je fis un festin d'un plat de pâtes. Après un verre de vin rouge, j'attaquai le plat principal, le même qui, autrefois, faisait le régal du sénateur du Massachusetts et trente-cinquième président des États-Unis, John Fitzgerald Kennedy : l'escalope de veau marsala.

Le soleil disparut sous l'horizon abandonnant la ville au sort de la nuit. Repu et pansu, je quittai le restaurant et marchai de travers jusqu'au réverbère au coin des rues Hanover et Cross pour m'engouffrer dans le premier taxi rencontré. Sur le chemin du retour à Back Bay, je demandai au chauffeur de faire un détour et de me déposer à une petite pharmacie de Roxbury : j'avais pris soin d'apporter l'ordonnance du médecin.

Le taxi s'arrêta sur Washington Street audit endroit. J'avais repéré au loin l'enseigne du commerce, une des rares boutiques d'apothicaire à ne pas s'être laissée acheter par une de ces grandes chaînes commerciales où l'on vend plus de jouets, de best-sellers, de produits d'entretien ménager, de nourritures que de médicaments.

Dans le drugstore, je me dirigeai tout au fond : derrière le comptoir, je trouvai un vieil homme assoupi sur une chaise. Je me raclais bruyamment la gorge pour manifester ma présence. Le vieux se réveilla, le sourire aux lèvres. En l'observant se lever, je remarquai que sa vigueur l'avait quitté depuis longtemps déjà. Il réajusta sur son nez la paire de lunettes, puis, pour assurer son équilibre, il déposa ses deux mains sur le comptoir vitré.

« Que puis-je faire pour vous apaiser, jeune homme ? » Je lui tendis ma prescription sans rien dire. De sa main osseuse et tremblante, il agrippa le bout de papier et le porta à ses yeux pour scruter la prescription médicale à travers les culs de bouteille qui lui servaient de lunettes. Le vieux pharmacien parut incapable de déchiffrer le griffonnage.

De sa voix rauque, il appela celui qui semblait être son assistant, Moishe : celui-ci surgit de l'arrière-boutique, couvert d'un sarrau blanc. N'étant pas beaucoup plus jeune, Moishe possédait, lui, un peu plus de tonus. Après avoir échangé entre eux quelques mots de yiddish, l'assistant qui me jaugeait se vit confier l'ordonnance, pendant que le vieillard poursuivait avec moi son interrogatoire.

— Je ne vous ai jamais vu ici auparavant.

— À vrai dire, c'est la première fois de ma vie que je mets les pieds dans une pharmacie.

— Vous savez, monsieur, il y a beaucoup de drogués dans les parages. Qui me dit que vous n'êtes pas un de ceux-là ? La signature est fausse, sans doute.

— Elle provient de la main de mon médecin.

— Pour ce genre de prescription, je dois valider l'authenticité de la signature et vérifier votre identité. Puisqu'il est tard, je ne peux qu'appeler les policiers.

— Franchement, c'est une pharmacie! Il est tout à fait normal qu'un client vienne y chercher de quoi soulager ses maux de ventre, non?

— Soit. Je vais tout de même mener mon enquête. Je vous téléphonerai et vous repasserez demain récupérer votre commande.

— Si c'est ainsi, il semble que je n'aie d'autre choix que de me plier à vos exigences.

— Ce n'est pas une question de choix, c'est la loi. Puis vous croyez que je possède ce que vous cherchez en réserve dans ma boutique. J'ai été braqué si souvent par des punks. Maintenant, je commande selon les requêtes. Votre carte d'identité, je vous prie. », dit-il sur un ton grave intimant à obéir.

Je me résignai à contrecœur à céder aux demandes du vieux pharmacien. Je sortis de la poche arrière de mon pantalon un porte-monnaie que je posai sur le comptoir pour en tirer ma carte d'identité. Moishe s'empara prestement de ma carte et me toisa un bon moment cherchant sur mon visage un trait révélateur. Le vieux pharmacien, satisfait de mon comportement servile, se replongea derrière le comptoir et retourna s'assoupir dans sa chaise.

Je profitai de la négligence de l'assistant zélé pour me faufiler entre les rayons et observer les étals, où je découvris un inventaire d'un autre temps. Je revis ces flacons d'eau de Cologne au parfum de vieille épice, dont mon père abusait pendant ma petite enfance. Pâlis par la lumière, des emballages de dentifrices ne laissaient paraître que le fantôme d'une identification commerciale en cinq lettres. Je pouffai de rire en apercevant les contenants d'antiacides, dont le fluide rose habituellement homogène, possédait à présent deux consistances superposées.

Plus loin, sur une étagère, je reconnus à travers le plastique profilé d'une bouteille, le shampoing jaune translucide dont usait ma mère pour nettoyer mes cheveux. L'objet rappela en moi le souvenir d'un moment émouvant presque oublié. Je saisis l'objet de ma nostalgie, et fus surpris de constater que mes doigts s'enfonçaient dans la bouteille vieille et fragilisée. En retirant ma main, la bouteille s'affaissa sur elle-même, et le plastique curieusement mou s'étira jusqu'à se rompre, laissant écouler le shampoing. Cet effet inattendu me saisit. J'observai, impassible, le liquide visqueux se répandre sur l'étagère, puis sur celle du dessous, pour achever sa descente sur le plancher de la pharmacie.

Un toussotement me sortit de cet état où je flottais doucement à la dérive, hypnotisé et contemplatif. J'aperçus Moishe, au regard sévère, tapant avec son stylo sur l'affichette « Vous brisez, vous payez » posée sur le comptoir.

Malaise! Je traînai les pieds pour aller rejoindre Moishe jusqu'au comptoir; il poinçonna quatre-vingt-dix-neuf cents sur la caisse enregistreuse antique. J'acquittai prestement la somme due avec la monnaie de la poche avant de mon pantalon. Je filai à toutes jambes, oubliant mon porte-monnaie sur le comptoir de cet intemporel drugstore.

En m'éveillant, je me réjouis d'avoir été si bien porté par les bras soyeux de Morphée. Aucun cauchemar n'était venu perturber mon sommeil et j'avais un très bon moral. D'ailleurs, je me demandai si j'avais rêvé, car j'avais l'impression, comme le matin précédent, que mon sommeil avait fait disparaître tout souvenir. Je voyais à la fenêtre de ma chambre la lumière du jour essayer de forcer le store, telle la vapeur de cuisson s'échappant du couvercle d'un chaudron en ébullition.

D'un bond, je m'éjectai du lit. Je me hâtai de me rendre aux latrines afin d'expulser le repas de la veille, qui avait suivi sa course dans mes intestins et trouvé la sortie par laquelle s'évader. Pas si mal pour quelqu'un qui allait rendre l'âme. Je laissai échapper une selle de la grosseur d'un boa constricteur. Assis sur le trône de ma satisfaction, le slip aux chevilles, je réfléchissais à mon empire et à ce qui me motivait à y régner. L'orgie alimentaire à laquelle j'avais décidé de participer et que je m'engageais à poursuivre avec plaisir et sans remords à chacune des enseignes de Hanover Street faisait partie de ces motivations.

Un sourire amusé se dessina sur mon visage lorsque je me mis à penser à la droguerie figée dans le temps et à ce vieux pharmacien avançant en âge au même rythme que son stock de babioles servant à l'hygiène d'une population d'antan. Une question me vint à l'esprit : comment le pharmacien était-il censé communiquer avec moi alors que l'assistant n'avait jamais demandé mon numéro de téléphone et que celui-ci n'apparaissait pas dans l'annuaire téléphonique. Je me promis de rendre visite à ces deux antiquités en après-midi pour récupérer le porte-monnaie oublié après ma bévue.

Tous les matins, au sortir du lit, je m'adonnais au rituel des ablutions pour me purifier et ainsi revenir à la vie. Je ne savais d'ailleurs pas comment il était possible de se lever sans se doucher pour démarrer sa journée.

Je me remémorai avec douceur l'époque où je vivais avec ma mère et j'entendis dans mon esprit ses réprimandes quant à mes « interminables » passages sous la douche. Elle répétait sans cesse la même rengaine : il fallait économiser l'eau chaude. Elle me rabattait systématiquement les oreilles avec ses vielles histoires censées me faire comprendre combien l'eau courante de ma douche était une ressource précieuse, me rappelant que dans une Amérique pas si lointaine, il n'y avait pas de salle de bain dans les appartements, et que certains devaient se rendre aux bains publics — qu'elle comparait aux thermes romains — pour assurer le maintien de leur hygiène, tandis que d'autres s'accommodaient d'une bassine au milieu de la cuisine en guise de baignoire, et, pis encore, ne prenaient un bain qu'une fois par semaine.

Je me réjouissais de vivre à mon époque. N'y a-t-il pas de bonheur plus agréable qu'une salle de bain immaculée, qu'un savon parfumé et qu'une serviette blanche pour renaître comme un phénix matin après matin ?

À ces pensées, de vieux fantômes profitèrent de mon esprit distrait pour venir me hanter, me poussant à m'interroger sur mon hygiène aseptisée, moi qui m'enduisais fréquemment de solutions antibactériennes. À force de me priver de bactéries utiles à mon écosystème, aurais-je pu développer une carence d'anticorps, ce qui expliquerait que j'aie chopé ce mal mystérieux ?

Je m'engouffrais dans d'obscures ruminations et il me fallait rapidement exorciser ces obsessions qui prenaient le contrôle de mon esprit.

Pour me changer les idées, je me mis à me questionner sur les meilleures manières d'occuper mes journées en attendant la mort. *Rédiger un testament? Bien sûr que non, je suis encore trop robuste : je ferai cela le jour où je sentirai mes forces décliner réellement. Et, si je profitais d'un service de massothérapie? Je pourrais aussi me rendre dans un établissement tirer avantageusement d'un lit de bronzage afin de rehausser ma pâleur d'une teinte halée.*

Les idées de projets susceptibles de me divertir ne manquaient pas; toutefois, avant toute chose, je me devais de récupérer mon porte-monnaie.

Je retrouvais mon vieux pharmacien juif affalé dans sa chaise derrière son comptoir à faire une sieste, mais cette fois, il ronflait comme une benne à ordures fonctionnant au diesel en plein hiver bostonnais lorsqu'il fait moins vingt degrés Farenheit. J'avais beau me racler la gorge comme à l'habitude pour manifester ma présence et répéter « Excusez-moi, monsieur! », rien ne pouvait le ranimer.

Je profitai de l'instant où il était plongé dans son sommeil pour contempler sa beauté toute fripée. Les rides de son visage rappelaient les tracés d'une carte routière. Des empreintes de pattes d'oies marquaient les coins de ses yeux. Le temps avait fait son œuvre sur sa figure en burinant lentement des traces d'usure à chacune des épreuves de sa vie.

J'imaginai qu'il devait être le grand-père d'un tas d'enfants, qu'il était veuf depuis belle lurette et qu'il partageait désormais sa vie avec son unique concubine, sa pharmacie. Il portait un costume brun à rayures jaunes tissé de fibres synthétiques de polyester identique à celui qu'il portait la veille. Il paraissait avoir plus de cent dix ans tellement il était plissé de partout.

Je reculai d'un pas et appelai Moishe, son assistant. Aucune réponse. Je me mis à observer les diplômes affichés. Le vieil homme, qui se nommait Harry Schneider, avait fait ses études de pharmacologie en mille neuf cent quarante-deux à l'Université McGill, au Canada.

Je me penchai par-dessus le comptoir et m'approchai de lui en l'interpellant cette fois-ci par son nom. « Monsieur Schneider! » Il ouvrit les yeux. Il me sourit, légèrement embarrassé d'avoir été surpris à dormir. Il se leva de sa chaise avec peine et s'adressa à moi en me servant la même formule d'accroche que la veille.

— Que puis-je faire pour vous apaiser, jeune homme?

— Vous ne me reconnaissez pas?

— Il ne me semble pas vous avoir vu ici auparavant.

— Vous vous trompez, je suis venu ici hier soir avec mon ordonnance.

— Pardonnez-moi, j'ai l'esprit quelque peu embrouillé. J'ai l'habitude de faire une sieste quand la clientèle se fait rare l'après-midi. Mais où est donc Moishe?

— Apparemment, vous être seul. Pourquoi ne pas mettre la porte sous verrou quand vient le temps de la sieste, comme ça, vous éliminez le risque de vous faire cambrioler, n'est-ce pas?

— Mais non! Les clients risqueraient d'aller chez la compétition.

— Si vous le dites. Je suis venu récupérer mon ordonnance, vous l'avez préparée.

— Dites-moi, pourquoi prendre ces cachets? Vous me semblez d'une forme excellente, si je ne me trompe.

— Vous avez raison, je suis en grande forme! Mais la science est d'avis contraire.

Au centre de son visage blafard, visiblement ébranlé par ce que je venais de lui apprendre, le vieil homme avait les yeux rougis et humides. Je constatai avec stupeur qu'après ces nombreuses années à côtoyer les maux de tout un chacun, le vieux pharmacien témoignait encore d'une touchante compassion pour ses clients cabossés. Nous restâmes face à face sans dire un mot, précipités dans un profond recueillement, le regard oblique, regardant dans des directions opposées.

Troublé par cette pause, je rompis le silence en demandant si Moishe n'était pas par hasard dissimulé derrière une étagère à médicaments. Harry appela son assistant deux fois; Moishe ne répondit toujours pas. Harry m'expliqua que Moishe quittait la pharmacie tôt en avant-midi, car il avait de nombreuses commandes à livrer aux clients. À la fin de sa tournée, avant de revenir à la pharmacie, il se rendait chez le grossiste faire provision de remèdes pour compléter la réserve.

Appuyées sur le comptoir vitré, les mains du vieux pharmacien tremblaient. Pendant un instant, j'ai cru qu'il allait s'écrouler sous le poids de l'anxiété : je l'invitai donc à s'asseoir. Pendant que Harry se rasseyait, je lui indiquai pour contrer son abattement que je disposais d'assez de temps pour attendre le retour de son assistant avec lui.

Je crus calmer Harry en mentionnant que Moishe s'était peut-être trouvé piégée dans un embouteillage quelque part sur l'autoroute. Soudain animé d'une incroyable vivacité, le vieux pharmacien fustigea : « Mais Moishe n'est pas en voiture! » Beau temps, mauvais temps, Moishe faisait toutes ses activités à pied. Je regrettais d'avoir voulu trouver une excuse pour expliquer son retard. Remarquant mon malaise, Harry s'exclama : « Bah! Il en a sans doute profité pour faire des courses. » Puis il marmonna, comme pour lui-même : « Je devrais m'en douter… À passer ses journées entières ici avec moi… » Je jugeai qu'il valait mieux ne rien ajouter, pour ne pas créer de tension, je restai planté là comme un piquet devant le comptoir ne sachant que dire ni faire.

Pour agrémenter mon attente, le vieux pharmacien me tendit le journal et me demanda si je voulais y jeter un coup d'œil. Je m'emparai du *Boston Globe* et le dépliai sur le comptoir; je balayai du regard les gros titres de chaque page jusqu'à la section des sports. Puisque ma lecture en diagonale m'y avait vite mené, Harry supposa que je n'avais aucun intérêt pour la nouvelle journalistique et il se mit à commenter les activités de toutes les équipes sportives de la ville. Il me détailla les dribles des Celtics, les bottés d'envoi des Patriots, les coups sûrs des Red Sox et les lancers frappés des Bruins. À chaque affirmation, je hochai la tête pour manifester mon accord.

Le vieux pharmacien Harry Schneider n'était pas dupe et il lit immédiatement sur mon visage l'expression de mon indifférence à l'égard des sports d'équipes.

— Vous n'en avez rien à foutre de ce que je vous raconte, hein?

— À vrai dire, monsieur, avec tout le respect que je vous dois, je ne porte pas d'attention particulière aux sports populaires.

Le vieillard s'esclaffa d'un rire gras avant de s'étouffer. Il se tortilla sur sa chaise comme un jouvenceau heureux, puis il devint écarlate à force de réfréner sa quinte de toux. Il se posa un bras sur l'estomac et agita l'autre pour me faire comprendre qu'il se portait bien. « Moi non plus, je n'ai que faire de ces bêtises! », admit-il, la voix enrouée. Le calme revenu dans ses poumons, il m'expliqua que seul Moishe s'intéressait à ce genre de divertissement et qu'il ne cessait de lui casser les oreilles avec ces attractions grand public.

Harry me questionna sur les activités susceptibles de me divertir. Le vieux pharmacien était d'une autre génération et je ne pouvais certainement pas lui confier que ma principale activité se résumait à baiser frénétiquement et assister aux défilés de mode annuels de sous-vêtements féminins de *Victoria's Secret*. J'évoquai plutôt ma prédilection pour la course à pied, avant mon diagnostic, et lui avouai avoir tâté la musculation pour faire mentir le verdict de la médecine.

« Mais n'y a-t-il pas un plaisir qui vous anime, quelque chose d'unique qui enrichit votre vie? » Sans hésiter, je rétorquai qu'écouter de la musique me procurait un intense effet stimulant. Il insista pour connaître mes préférences en matière musicale. Je lui avouai être un grand amateur de jazz ancien.

Ma confession agit comme une étincelle qui illumina instantanément de bonheur le visage blafard du vieux Harry. Il bondit de sa chaise et se précipita dans l'arrière-boutique.

Il revint en tenant par une poignée un caisson défraîchi qu'il posa sur le comptoir vitré. L'objet comportait en deux parties, un couvercle et une base. Harry retira le couvercle, laissant apparaître un magnétophone à ruban magnétique de marque RCA, modèle SRT-301, qui avait la faveur populaire au milieu des années cinquante. Il me tendait la fiche électrique pour que je l'insère dans la prise murale près de moi. Il me regarda droit dans mes yeux d'un regard pénétrant et porta un doigt sur ses lèvres pour me signifier de rester silencieux. Il avait toute mon attention.

Il mit l'appareil en marche et les deux bobines se mirent à tourner sur elles-mêmes en parfaite synchronie. Malgré la vétusté de l'appareil, le son surgit clairement de l'unique enceinte acoustique. Harry manifesta son contentement en exhibant un large sourire aux dents jaunies. Envoûté par la musique, il balança la tête pour marquer le tempo et il fit danser ses doigts en tapotant le comptoir vitré pour soutenir le rythme saccadé de la musique.

Dès les premières notes de saxophone de *Lester Leaps in*, je reconnus le son aérien de Lester « Prez » Young. Nous écoutâmes quelques pièces, l'oreille tendue, le sourire béat et le regard hypnotisé au-dessus du ruban qui passait d'une bobine à l'autre.

Je retrouvais chez ce vieux pharmacien une sorte de paix intérieure qui m'aidait à voir mes soucis quotidiens avec distance et désinvolture. À ma grande surprise, j'avais plus d'intérêts en commun avec ce vieil homme d'une autre époque, dont la vie était fort différente de la mienne et qui avait un bagage culturel que je ne connaissais pas qu'avec mes contemporains et les quelques rares personnes que je côtoyais dans mon entourage.

Je n'ai pas eu la chance de connaître mes grands-parents maternels, car la vieillesse les a emportés avant ma naissance; je n'ai jamais rencontré mes grands-parents paternels non plus, et je n'ai aucune façon de savoir s'ils sont encore vivants ou morts aujourd'hui.

Harry et moi étions survoltés par notre concert analogique sur bobine. À chaque nouvelle pièce que nous proposais le ruban, nous nous enthousiasmions et faisions spontanément le panégyrique de chacun de ces monstres sacrés du jazz : l'orchestre de William « Count » Basie, Coleman « Bean » Hawkins, Billie « Lady Day » Holiday, Louis « Satchmo » Armstrong et Charlie « Bird » Parker, et j'en passe. Nous avons pris un soin religieux à écouter chaque enregistrement avant de nous lancer, tels des gamins, dans une sorte de jeu-questionnaire mesurant nos connaissances sur ces artistes surannés.

Le temps a filé si vite que nous ne nous sommes pas rendu compte que la journée tirait à sa fin. Cet après-midi ponctué de surprises et de rires marquait la première véritable interaction sociale que j'avais avec un étranger. Je découvris à quoi ressemblait une amitié naissante et je m'abandonnai sans retenue aux échanges intellectuels spontanés. Porté par l'entrain que procurait cette expérience ambiophonique, je suggérai à mon complice de poursuivre notre enrichissante conversation autour d'une table d'un restaurant.

L'homme affable avec lequel je passais un agréable moment redevint alors le vieil homme revêche du début. « Je n'abandonnerai pas mon poste tant que Moishe ne sera pas de retour! », rétorqua-t-il d'un ton sec et cassant. Je m'offusquai de sa réaction. L'envie de l'invectiver me brûlait les lèvres.

—Je reviendrai demain pour l'ordonnance. Faites-moi l'honneur de vous joindre à moi. Je vous promets que vous serez revenu avant la nuit.

— Vous n'y pensez pas! Il est trop tôt pour fermer la boutique.

Il semble que l'étiquette chez les personnes âgées consiste à protester obstinément, se montrer catégorique et garder le dernier mot avant d'accepter toute proposition. Je ne m'opposai pas et finalement, à force de contre argumenter ses propres réticences, il accepta de l'idée de sortie, à condition que nous allions dans le restaurant de son choix.

Distraitement, je laissai une fois de plus, mon porte-monnaie entre les mains du vieux pharmacien. Lorsque je m'en aperçus, nous venions de verrouiller la porte de la *Schneider's Pharmacy* et montions à bord d'un taxi pour Back Bay : je jugeai qu'il était inopportun d'exiger à Harry de me le rendre à cet instant. Il me vint à l'idée de soupçonner mon co-passager connaissant l'adresse du studio où je vivais, et qu'il opterait pour un restaurant de mon quartier.

Dans l'hémisphère sud, l'hiver traînait encore les pieds; dans le nôtre, toutefois, l'été, ayant tout le champ libre, s'ébattait à sa guise. Le climat qui étreignait Boston présageait encore de belles soirées sur les terrasses de Boylston Street. De notre table de restaurant, l'on apercevait au-dessus de nos têtes la tour John Hancock qui se fondait avec le bleu ciel et réfléchissait les nuages qui s'aventuraient trop près.

Nous engloutîmes chacun un steak-frite que nous accompagnâmes d'un rouge californien issu d'un cépage bordelais pour étancher la soif que nous avait donnée notre captivante discussion.

Au cours du repas, j'énumérais de manière succincte les détails de ma vie personnelle, prenant soin de ne pas trop m'attarder sur ma récente carrière de photographe. De vives émotions nouèrent ma gorge lorsque j'évoquai le décès accidentel de ma mère et la dénouèrent lorsque je parlai de la disparition volontaire de mon père. Harry montrait un intérêt soutenu pour tout ce dont je lui faisais part.

Touché par mon récit, il entreprit de me présenter à son tour les faits saillants de sa vie. Il me confia que ses parents avaient fui l'antisémitisme des pogroms d'Ukraine pour venir s'installer à Boston où son père a obtenu un poste de professeur de chimie à l'Université Harvard. En mille neuf cent trente-sept, à vingt ans, il est devenu orphelin de mère et de père suite à un tragique événement historique : ses parents ont péri dans les flammes à bord du tristement célèbre dirigeable Hindenburg à l'aérogare de Lakehurst dans le New Jersey.

Après cette tragédie, il ne lui resta comme famille qu'un frère monozygote. Ce dernier préféra poursuivre son doctorat à l'extérieur du pays, loin de Harvard pour échapper au spectre de son père. Après cinq années d'absence, le frère à l'esprit vif revint à la maison, muni d'un diplôme pour démarrer sa petite affaire dans laquelle il investit la prime d'assurances qui lui fut versée suite au décès de ses parents. Deux jours plus tard, ce frère jumeau mourut au volant de la camionnette de Harry, emboutie par une semi-remorque.

J'observai le visage affligé de Harry, qui dissimulait difficilement sa douleur. « J'admirais beaucoup mon frère », avoua-t-il. « Nous étions différents l'un de l'autre à tout point de vue. Il avait un don inné pour le succès. De nous deux, c'était clairement le plus brillant; moi, je peinais dans tout ce que j'entrepris et je n'avais aucun talent particulier. Je l'enviais. À sa mort, pour honorer sa mémoire, je me suis promis de changer tout ça et de marcher dans ses pas », dit-il solennellement.

— Je remarque que le destin ne vous a pas épargné.

— Le théâtre de la vie est plus spectaculaire qu'une fiction romanesque. Le destin recèle d'incroyables surprises au passage.

Au moment de parler de l'histoire de sa pharmacie et de son précédent propriétaire, Harry se demanda s'il devait poursuivre son récit. Après hésitation, il raconta qu'au dix-neuvième siècle, le pharmacien Abraham Stein, le meilleur pharmacien diplômé de Harvard, avait ouvert une pharmacie au rez-de-chaussée d'un l'immeuble au coin de Washington et de Williams Street.

— Ce n'est pas où se trouve votre pharmacie, ça?

J'avais interrompu mon interlocuteur sans finesse. Sourcillant devant l'évidence, Harry resserra la narration de son récit en insistant sur la pratique pharmaceutique de l'époque, où, à quelque exception, les grands fabricants industriels de « remèdes » n'existaient pas.

Dans ce contexte historique, c'est le pharmacien lui-même qui avait pour tâche de préparer les médicaments et de concocter les onguents selon des recettes bien précises. Abe Stein voyait non seulement à ses affaires, mais également à la bonne santé de ses clients. Plutôt que d'avoir recours à des produits de base peu coûteux, il n'utilisait que des ingrédients de première qualité dans la confection de ses remèdes, qu'il personnalisait pour chacun des patients qui réclamaient du soulagement : son excellente réputation propulsa sa carrière et il se bâtit une solide clientèle.

À cette époque, la vie souriait au jeune Abraham Stein, récemment marié et propriétaire d'un *townhouse* dans le quartier juif de Brookline où il vivait heureux avec sa jeune épouse enceinte de leur premier enfant. Malheureusement, l'accouchement eut un dénouement tragique : la mère mit l'enfant au monde, mais elle mourut au bout de son sang peu après. Bouleversé et accaparé par son travail, Abe Stein ne pouvait élever seul son enfant; il dut le confier à sa sœur, qui, heureusement, habitait le même quartier.

Abe s'adonna sans répit à la préparation de remèdes, alignant les commandes les unes après les autres afin de payer rapidement les hypothèques de sa boutique et de sa maison. En grandissant, le fils Stein développa l'habitude de rejoindre son père à la pharmacie, après les classes et les week-ends, pour lui donner un coup de main. Au début, l'enfant s'affaira à passer le balai et, au fur et à mesure, ses tâches de travail augmentèrent en proportion de sa taille. On lui confia d'abord la tâche de remplir les étals de marchandises, puis de servir les sodas, puis de rendre la monnaie aux clients; après quelques années, il comprit qu'il était capable de faire rouler la boutique à lui seul.

Abraham Stein éprouvait une profonde fierté pour son fils. Voyant en lui un garçon doué, il se mit en tête de lui transmettre les rudiments du métier de pharmacien. L'élève alla s'instruire à la plus prestigieuse des écoles. Abraham Stein avait la réputation d'être le meilleur apothicaire de tout Boston. L'Académie Stein prônait l'apprentissage par l'implication directe du stagiaire dans le processus de travail. Le druide transmit son savoir et l'apprenti sorcier en vint à maîtriser les règles de la Pharmacopée.

Au bout de quelques années d'entraînement, le jeune académicien gradua de l'Académie Stein avec une note parfaite à tous les niveaux. Le maître Stein reconnut les qualités exceptionnelles du jeune élève; le fils Stein se sentait alors en mesure de mettre ses connaissances à l'épreuve. À quinze ans seulement, il était fin prêt à entreprendre n'importe quel examen universitaire.

La *Stein's Pharmacy* avait beau jouir d'une excellente réputation, la clientèle vint à se raréfier, ce qui eut comme conséquence désastreuse d'entraîner une baisse significative de revenus chez les Stein : Abe ne put alors souscrire à une assurance-vie ni d'envoyer son fils à l'université. Abraham Stein trima dur et peina tout au cours de son existence professionnelle pour rentabiliser son investissement et lutter contre la concurrence, toujours plus féroce. Comme si cela ne suffisait pas, la mauvaise fortune s'abattit sur lui de manière cruelle.

Lors d'un après-midi d'automne semblable aux autres, affairé à la préparation de remèdes, Abe s'écroula au champ d'honneur derrière son comptoir, foudroyé par la mort. Ce jour-là, le fils Stein n'eut plus de père, ni de mère; il était sans le sou et sans formation universitaire. Contre son gré, l'héritier d'Abraham Stein dut se résigner à vendre la pharmacie, sachant qu'il ne pouvait l'administrer sans licence d'exploitation.

Le récit de Harry m'ébranlait par sa tristesse. Pour chasser la morosité, je fis diversion en vue de l'amener à me parler de son lien avec Moishe.

— Et Moishe dans tout ça, vous l'avez connu comment?

Il esquiva mon interrogation et me demanda si j'avais mangé à ma faim. Je lui affirmai sans détour m'être rassasié.

Sans perdre un instant, Harry appela le serveur et demanda de régler l'addition. Comme il détenait toujours mon porte-monnaie, je me hasardai à disputer la facture du repas, imaginant qu'il allait se rendre à l'évidence et me remettre mon bien personnel. Au lieu de cela, il me morigéna, affirmant qu'il n'en était plus à l'adolescence, période où il fallait absolument fractionner les factures pour amortir les frais de chacun. Téméraire, je négociai de payer le pourboire : rien n'y fit. Et il s'abstenait toujours de faire allusion à mon porte-monnaie.

Présumant que notre soirée tirait à sa fin, je proposai de le raccompagner. Il me regarda d'un air étonné. « Peut-être souhaitez-vous faire quelques pas pour stimuler votre digestion », suggérai-je. Visiblement, je m'avérais moins éméché par le vin qu'Harry. Celui-ci éclata de rire, mais cette fois sans s'étrangler.

— Où croyez-vous que je peux aller? J'arrive à peine à tenir sur mes deux jambes. Mon cher ami, nous n'avons pas traversé la moitié de la ville uniquement pour manger des steaks. Suivez-moi, maintenant : sortons de manière authentique!

Je m'encanaillais avec mon comparse. Harry, appuyé sur sa canne, était chancelant. Je le suivais de près, craignant de le voir trébucher. À peine avions-nous foulé le trottoir de quelques enjambées, que notre escapade prit fin : nous nous arrêtâmes deux portes plus loin, devant une vitrine d'une tout autre nature. Par mesure de courtoisie, je tins la porte à Harry qui entra en premier dans cette institution où je n'avais jamais mis les pieds.

Une hôtesse trentenaire portant dans une robe rouge très moulante vint à notre rencontre. Elle se montrait très attentive aux besoins de monsieur Schneider. Le contact étroit qu'ils entretenaient laissait présumer que le vieux pharmacien n'en était pas à ses premières visites sur les lieux. L'instant d'après, mon acolyte et moi fûmes amenés dans un salon commun.

Nous nous sommes installés confortablement dans des fauteuils de cuir capitonnés. Une table basse faite d'un bois noble sur laquelle reposait une sorte de bol massif taillé dans le cristal trônait à nos pieds. Un serveur y déposa un plateau contenant deux *Glencairn* et un *single* malt avant de disparaître discrètement.

La pièce possédait une atmosphère chaude et propice à la détente; par une combinaison d'éclairage tamisé de couleur ocre, de boiseries ornementales et d'une moelleuse moquette, on avait su y créer une ambiance feutrée. Affichant un air narquois, mon hôte me questionna :

— Alors, comment trouvez-vous cela?

— Pour un professionnel de la santé, on ne peut pas dire que vous montrez la voie à suivre!

Cette remarque qui le fit rire enflamma ses poumons encrassés et provoqua une toux grasse qui fit remonter de sa trachée à sa gorge un amas de glaire épaisse. Il claironna avec assurance un précepte incontestablement philosophique : « Je ne suis pas ce que je fais, je fais ce que je suis! » « Je dois admettre que ce n'est pas si mal. Je pourrais y prendre goût », admettai-je, en tirant du bout des lèvres une bouffée d'un énorme cigare.

— Je savais que vous aimeriez. Allez, mon jeune prince, servez-nous à boire. Nous en aurons besoin.

Harry tira aussi une longue bouffée de son cigare, fit une pause, puis expulsa quelques anneaux bleutés qui montèrent lentement au-dessus de nos têtes. D'un air amusé, il regarda se dissiper son œuvre éphémère. Je lui servis à boire. Il saisit son *Glencairn* pour y tremper ses lèvres puis il lapa bruyamment le précieux nectar, qu'il fit tourner dans sa bouche avant de l'avaler goulument. La dégustation l'ayant comblé, il me présenta son verre à remplir à nouveau.

Tenant son verre et son cigare d'une seule main, Harry se releva dans son fauteuil. « Il est le meilleur, et ce, depuis plus de soixante-dix ans », déclara-t-il. Je haussai les épaules ne sachant pas à quoi Harry voulait en venir avec cette déclaration.

— C'est ce que vous vouliez savoir, non? Ne faites pas l'idiot, mon jeune ami. Vous mourriez d'envie de savoir depuis quand remonte mon association avec Moishe, n'est-ce pas?

Cherchant un peu d'intimité, Harry se pencha vers moi et dit à voix basse :

— Je ne vous ai rien dit encore, mais vous devez apprendre que je suis dans la même situation que vous : je n'en ai plus pour très longtemps, quelques semaines tout au plus. Et puisque nous allons nous quitter ce monde, laissez-moi soulager ma conscience en vous dévoilant le secret m'unissant à Moishe.

— Je suis terriblement navré d'apprendre que vous êtes malade.

À peine avais-je complété ma phrase, qu'Harry me sermonna aigrement : « La mort est inévitable pour un vieillard comme moi, mais inacceptable pour un homme de votre âge! Alors, qu'est-ce qui vous intéresse davantage : ma mort ou mon secret? »

Me calant dans le fauteuil, je crus préférable de le laisser déballer son sac plutôt que de m'attarder sur la question de sa mort imminente. Lors du repas, nous avons discuté de nos vies respectives, mais nous n'en sommes jamais venus au stade des confidences. Cette fois, il apparaissait que les effluves d'alcool allaient pousser mon hôte sur la pente des révélations. Renonçant à mon cigare, je le déposais dans le cendrier de cristal sur la table basse pour ensuite me resservir du whisky.

Harry détacha son regard de ma personne préférant fixer le plafond. À son attitude, je compris que le récit dont il s'apprêtait à me faire part avait quelque chose d'embarrassant. Les yeux écarquillés et l'oreille attentive, j'attendais impatiemment l'instant où il allait dévoiler les arcanes de son alliance avec Moishe. Il revint sur son passé, faisant allusion à son frère qui avait acheté un commerce et qui avait rencontré la mort avant de pouvoir jouir des fruits de ladite entreprise. Harry avait hérité du commerce de son frère et n'avait su qu'en faire. Désemparé, il avait tout bonnement eu l'idée de rendre visite au précédent propriétaire du commerce pour lui demander conseil.

— Je ne vous attendais pas avant vendredi.

— J'étais dans le coin.

— Est-ce que je peux faire quelque chose pour vous?

— Vous travailliez ici, n'est-ce pas? Qu'est-ce que vous faisiez?

— Je vous ai expliqué tout ça, monsieur. Je dois vendre, mon père est mort.

— Qu'allez-vous faire maintenant?

— Je ne sais pas encore. Trouver un emploi.

— Je me souviens plus très bien. C'était quoi votre travail, ici, déjà?

— La fabrication de médicaments. C'est mon père qui m'a enseigné les rudiments du métier.

— Ça vous dirait de continuer à faire ce que vous faisiez?

— Il n'y a pas suffisamment de travail pour deux pharmaciens dans cette boutique.

— Je ne suis pas pharmacien.

— Pourquoi avez-vous acheté ma pharmacie, si vous n'avez pas de licence pour exercer?

— Je ne suis pas celui que vous croyez. Harry est mort ce matin sur la route pendant qu'il conduisait ma camionnette. Je suis Jerry, son frère jumeau.

Dans un même souffle, cet hôte, avec qui je m'acoquinais depuis l'après-midi, m'apprit qu'il n'était pas celui qu'il prétendait, car en vérité, il se faisait passer pour son frère Harry depuis la mort de ce dernier. Pour la première fois de sa vie, Jerry dévoilait sa réelle identité.

Contrairement à son frère jumeau Harry, Jerry ne possédait aucune formation universitaire, n'avait exercé d'emploi sérieux jusque-là. Pour subsister, il tirait ses rentes de l'héritage légué par ses parents. Cultivant son attrait pour la musique, Jerry jouait du saxophone sans talent distinctif, passant d'une formation jazz à une autre, conscient qu'il ne pourrait jamais prétendre au succès. Pour mieux digérer ses échecs, il cultivait une dépendance à l'alcool et un penchant pour le jeu.

Lorsqu'il mit le pied dans le commerce qui lui fut légué en héritage, Jerry eut la ferme intention de vendre. En voyant ce jeune homme dégourdi se retrouvant devant rien, capable de faire face à la vie avec une maigre poignée de dollars, une idée lui traversa l'esprit. Il se rappela avoir juré de changer de vie et de marcher dans les traces de son frère. Jerry joua sa dernière carte en misant le tout pour le tout. Échafaudant à la dernière minute un plan des plus incroyables, il s'empressa d'en dévoiler les grandes lignes.

Tout le monde crut que c'était Jerry qui avait rencontré la mort à bord de sa camionnette, car après tout, il se trouvait dans sa — propre — camionnette. Les mauvaises langues prétendirent qu'« il était trop ivre pour conduire, comme d'habitude… »

Un agent de police cogna à sa porte. « Monsieur Schneider, je suis au regret de vous informer que Jerry Schneider votre frère a perdu la vie ce matin sur l'autoroute ». Au lieu d'avouer qu'il y avait erreur sur la personne, Jerry préféra garder le silence. La dépouille de Harry ayant été retrouvée calcinée et aucun médecin légiste n'ayant été appelé pour donner son expertise sur l'identité du cadavre, tous conclurent que Jerry avait quitté ce monde. Il devint clair que Jerry n'usurpait en aucune manière l'identité de Harry. À cause de son silence, il se trouvait dans l'obligation de se substituer à la place de son frère.

Jerry Schneider ne possédait pas le moindre diplôme tandis qu'Harry Schneider, lui, en détenait un, certifié par l'université McGill. Stein et Schneider se mirent d'accord et scellèrent leur association dans le secret, ce qui permit à Moishe Stein de poursuivre l'œuvre de son défunt père, Abraham Stein.

Comme à l'époque, le nombre de remèdes était moindre qu'aujourd'hui et qu'il y avait moins de maladies à soigner qu'aujourd'hui, le subterfuge était jouable. Plus rien n'empêcherait donc Moishe de pratiquer la profession d'apothicaire. Ce jour-là, l'oisif Jerry Schneider fut déclaré mort, le brillant Harry prit place derrière le comptoir de la pharmacie et l'avenir de Moishe devint assuré.

Le vieux pharmacien décrivit le stratagème élaboré par les deux nouveaux comparses : Harry signait le bon de commande et Moishe préparait l'ordonnance. À leur grand désarroi, des molécules complexes s'ajoutèrent au fil du temps à la liste d'ingrédients de la Pharmacopée.

Le métier de pharmacien exigea de Harry davantage de travail que simple fait de jouer le rôle de fantoche. Il devait assister à des séminaires de formation et se soumettre occasionnellement à des contrôles d'aptitude, qu'il réussissait miraculeusement chaque fois grâce à l'aide de Moishe. La situation qu'avait créée le tandem Stein-Schneider devint instable avec les années, la marge de manœuvre pour exercer la profession se réduisant; ils passèrent d'ailleurs à un cheveu de se faire démasquer.

Puis, les jours bénis vinrent dans les années soixante : l'industrie pharmaceutique révolutionna la pratique du métier; dans un grand soulagement, ils purent délaisser le secteur pharmacologique de l'entreprise pour se concentrer sur le commerce au détail. À présent, leur combine consistait à vendre des bricoles à refiler les ordonnances en sous-traitance aux pharmacies de grandes surfaces. Cette mise au point expliquait la lenteur avec laquelle il fallait composer pour obtenir la prescription réclamée.

— Bien entendu, je compte sur vous pour emporter mon secret dans votre tombe.

— À quoi bon vous dénoncer? C'est la plus incroyable des histoires que je n'ai jamais entendues.

— Parfait. Maintenant, je dois vous quitter. Moishe m'attend à la pharmacie.

— Permettez-moi de vous accompagner.

— Restez. Profitez de votre cigare et terminez la bouteille, si vous le souhaitez. Je préfère rentrer seul, j'ai l'habitude.

Je m'arrachai de mon fauteuil pour aller aider Jerry à se remettre sur pied. Les mots me faisaient défaut pour le remercier de notre virée improvisée. Je lui témoignai mon appréciation en le reconduisant jusqu'au vestiaire, par politesse. Je l'aidai à mettre son manteau. Je restai debout dans le vestibule à regarder ce vieil homme s'éloigner, appuyé sur sa canne, clopinant jusqu'à la sortie.

Je m'en tins à la suggestion du vieux pharmacien : ne pas quitter mon siège et me délecter de ce *single* malt en tétant lentement ce cigare jusqu'à la fin. Je profitai de ce moment d'abandon pour réfléchir à la légèreté et au détachement de Jerry à l'égard de son imposture. Pendant un instant, je me pris à comparer ma situation à la sienne : sans jamais avoir usurpé l'identité de qui que ce soit, je me souvins avoir eu le syndrome de le jour où, pour des raisons économiques et pratiques, j'avais été forcé de troquer la bonne vieille pellicule pour une carte numérique. Il m'apparaissait que la captation électronique des images était un procédé vulgaire, dénudé d'âme. Le puriste en moi se voyait forcé de renoncer à ses principes orthodoxes, car il devait suivre pour survivre. Heureusement, le passage obligé me réussit bien, mais j'entretiens néanmoins encore un certain malaise face à cette technologie. Comme le malaise de m'apercevoir que j'avais à nouveau oublié de réclamer mon porte-monnaie à Jerry.

***

Il était passé midi et je dormais encore comme un loir. Lorsque je parvins finalement à me lever, mon corps présenta immédiatement des signes de fébrilité. Je prolongeai ma résurrection sous une douche chaude. Je recouvris peu à peu la force d'avaler quelque chose pour stimuler mon estomac engourdi par le whisky absorbé la veille. Une affligeante migraine m'assaillait le crâne et je tentai de la calmer en la noyant sous des litres de jus d'orange.

Il devait être quinze heures. Je m'attablais pour prendre mon petit déjeuner quand le silence paisible de mon studio fut brusquement interrompu par trois coups de poing assénés sur ma porte principale. J'étais si mal en point que j'encaissai le vacarme sans sursauter. J'observai un temps de silence, puis trois autres coups retentirent.

Ayant épousé la forme de la chaise, j'avais du mal à déplier mon corps ankylosé par les effets résiduels de l'alcool. Traînant les pieds, je me dirigeai jusqu'à la porte d'entrée, et demandai à travers la porte qui osait déranger ma quiétude.

Plaqué contre la porte, j'observais à travers le judas optique, un agent de police en uniforme et un inspecteur habillé en civil qui hurlait. « Je suis inspecteur pour la police de Boston. Ouvrez! » Je retirai la chaîne de sécurité et ouvrit à l'agent de police et à l'inspecteur, qui me braqua son insigne sous mon nez. « Qu'est-ce que je peux faire pour vous », m'enquis-je auprès de l'inspecteur. « Je souhaite m'entretenir avec vous. » « Qui a-t-il pour votre service, et pourquoi cette intrusion? » « Pouvons-nous entrer? », demanda-t-il. Je m'écartai afin de les laisser entrer dans mon studio et de refermer la porte derrière eux.

L'inspecteur m'interrogea sans ménagement, brandissant sous mes yeux des clichés en couleur sur papiers glacés. « Vous connaissez cet homme? Et celui-là, vous l'avez déjà rencontré », questionnait-il sans perdre haleine. Je reconnaissais aisément la tête de ces hommes : sur la première photographie, il s'agissait de Moishe Stein et sur la seconde, Harry Schneider. « Mon pharmacien et son assistant », déclarai-je.

Lors de mon interrogatoire, je gardais un œil sur l'inspecteur et l'autre sur son collègue qui en profitait pour sonder mon studio. « Où étiez-vous hier soir? » Je lui dis la vérité. J'expliquai à l'inspecteur ce qui m'avait amené à partager la journée avec monsieur Schneider jusqu'à son départ. « Après qu'avez-vous fait? » demanda le policier sur un ton suspicieux. « Après, j'étais bourré. Je suis entré à pied jusque chez moi et je me suis immédiatement glissé sous les couvertures. Voilà, c'est tout. »

« Vous n'avez rien d'autre à ajouter? Rien qui aurait pu éveiller des soupçons concernant les allées et venues de ces deux hommes? » demanda-t-il. « Non. Rien, à ce que je sache », répondis-je. Je n'allais certainement pas divulguer les confidences révélées par mon nouvel ami. « En êtes-vous certain? Car nous avons découvert ceci à la *Schneider's Pharmacy*. » L'inspecteur prit ma main droite et y déposa un objet sorti de la poche de son imperméable.

— Ce porte-monnaie vous appartient.

— Il est à moi, il n'y a pas de doute. Comment est-il arrivé entre vos mains?

— C'est à vous de nous le dire.

— Qu'est-ce que je peux vous dire? Pourquoi la police vient-elle me remettre mon porte-monnaie oublié à la *Schneider's Pharmacy*?

— Il n'y en a plus de *Schneider's Pharmacy*. Votre porte-monnaie c'est tout ce qu'il en reste.

— Ce qu'il en reste? Mais qu'est-ce qui est arrivé?

— Une explosion au gaz a fait voler en éclat la Pharmacie de Harry Schneider.

Moishe Stein avait échappé à l'explosion. Sur le chemin du retour à la *Schneider's Pharmacy*, il fut victime d'une crise cardiaque : cet infarctus l'emporta de la même manière qu'il avait emporté son père des années auparavant. Ce n'est que tard en soirée que l'administration de l'hôpital a réussi à retrouver quelqu'un d'apparemment proche. Le vieux pharmacien apprit par téléphone le triste décès de son assistant Moishe, fidèle ami depuis toujours.

N'ayant pu se résigner à succomber à la maladie dans la solitude, Harry Schneider voulut bien faire les choses. Il laissa une note jugée confidentielle et le porte-monnaie à l'abri dans son réfrigérateur avant d'ouvrir le gaz et d'allumer son dernier cigare pour disparaître comme les membres de sa famille, tous brûlés vifs.

L'entrevue prit fin dès que les politesses d'usage furent échangées. Refermant la porte, je me retrouvai seul avec ma conscience. Je ne me laissai pas ébranler par la mort de mon ami de fortune : Harry m'avait prévenu qu'il allait trépasser sous peu. Il était vieux et moi, jeune. Néanmoins, ma paix se trouvait particulièrement troublée lorsque je songeais au fait que j'allais sous peu le rejoindre sous terre.

J'eus soudainement une étrange sensation au niveau de mon sternum; en quelques secondes, une double explosion pyrotechnique se produisit sous la poitrine : j'eus d'une part une sensation de froid glacial, suivi immédiatement par celle d'une chaleur brûlante. La douleur s'intensifia et le supplice devint tout aussi insupportable qu'à l'attaque précédente; je serrai ma poitrine si fort, que je crus que j'allais m'asphyxier.

Je repensai à la médication dont j'avais irrémédiablement besoin pour atténuer mes douleurs. Je culpabilisais d'avoir confié mon ordonnance au tandem Stein-Schneider plutôt qu'à une chaîne pharmaceutique à grande surface. D'un seul coup, mes forces m'abandonnèrent : perdant contact avec la réalité, je m'écroulais contre la surface dure du parquet.

Je me réveillai totalement désorienté, incapable d'évaluer combien de temps j'avais passé dans cette posture; mon corps meurtri me signala que je ne pouvais supporter davantage d'être écrasé sur le sol par mon propre poids. Laborieusement, je relevai ma carcasse et me remis sur pieds.

Je n'éprouvai aucun effet satisfaisant après un passage sous douche : cela ne me donna pas la sensation recherchée de « renaître ». La fin des résurrections venait de sonner. Je me sentis faible, vidé de mon énergie vitale. Cet épisode m'ouvrit les yeux sur l'avenir. Dorénavant, plus rien n'allait être comme avant. Malgré moi, je dus me résoudre à contacter mon avocat pour inscrire dans mon testament certaines recommandations afin de m'assurer une fin en toute dignité.

8

LE SOUVENIR

Le studio que j'occupais sur Arlington Street possédait des fenêtres qui s'ouvraient sur le splendide *Boston Public Garden*. Contrairement aux derniers jours, où la météo avait été généreuse, le vent s'était mis à tourner et l'on sentait la fin irrémédiable de la saison des beaux jours. En toile de fond, Dame Nature se prenait pour Géricault, donnant au ciel une teinte semblable à celui du *Radeau de la méduse*. Les arbres, qui avaient pavoisé tout l'été dans leur toilette d'apparat, ne mirent que quelques jours pour changer de vêtements saisonniers, délaissant leur robe émeraude pour un fulgurant déshabillé bourgogne, corail et orpiment. Le vent, excédé par la canicule, cachait difficilement son excitation devant l'effeuillage progressif du boisé du jardin. Dans son emportement, il soufflait et sifflait, s'employant à défeuiller par bourrasque les quelques arbres pusillanimes pour dévoiler leur pudique nudité.

Résolu à ne pas mettre le nez dehors, je profitai de ma retraite pour me consacrer d'abord à ma propre domestication et ensuite, à mettre de l'ordre dans mes affaires. Le grand avantage avec le travail manuel, c'est la possibilité de placer l'interrupteur du cerveau en mode éteint pour se soustraire aux tracas existentiels.

En renouant avec le torchon, je repris contact avec ces objets que l'on appelle « souvenirs » et qui, au cours des années, perdent de leurs substances : je pense par exemple, aux jouets parfumés, qui, aux yeux des enfants, perdent immédiatement leur intérêt sitôt éventés. Ces collections d'objets accumulés censés rappeler des instants précis n'évoquaient finalement que peu de choses sinon la transaction d'achat effectuée pour prendre possession de ces absurdités. Pourquoi s'embarrasser de ces misères sans importance : je n'avais qu'à fermer les yeux pour me remémorer un quelconque moment prétendument impérissable. Ces babioles dépourvues d'intérêt ne se remarquaient plus, ne se distinguaient plus, jour après jour devenaient un peu plus transparentes jusqu'à devenir invisibles à force d'être sous nos yeux.

Dénombrant mes biens personnels, je découvris au passage du chiffon que plusieurs de ces objets acquis au cours de ma vie avaient perdu leur fonction évocatrice et avaient été investis d'une nouvelle mission, celle de recueillir la poussière. Tout bien considéré, ces choses ne me seraient d'aucune utilité une fois passé dans l'autre monde. J'anticipais devoir mettre ces colifichets incommodants aux rebuts et charger l'Armée du Salut de la tâche de me débarrasser de mes meubles superflus.

En saisissant mon *smartphone* pour appeler l'officier de l'Armée, je remarquai sur l'écran que j'avais reçu un message texte sans jamais entendre la sonnerie. Depuis le jour où je mis ma carrière en veilleuse, à l'exception de l'insistance des Chinois, personne n'était entré en communication avec moi. Mais en regardant le message de plus près, je fus renversé en lisant le nom de son destinateur. Je le croyais disparu, voire mort. Contre toute attente, mon père demandait à me rencontrer.

Je me rendis dans South End sur Tremont Street et entrai dans un bar étrangement désert, encore que ce fut le début de soirée. L'endroit présentait une allure kitsch, avec ses guirlandes de lumières de Noël suspendues tout autour de la pièce, quelques jours à peine après l'Halloween. Pendant que je cherchais une place où m'asseoir, je repérai dans un coin sombre de la pièce une dame d'un certain âge qui sirotait un Martini et qui se pressa de me saluer.

Je trouvai une place à une table juste en face de la porte d'entrée : je ne voulais pas rater l'arrivée du paternel. Nous échangeâmes deux ou trois mots par messagerie texte sur nos téléphones mobiles. Il imposa l'endroit et décida de l'heure du rendez-vous. Je comprenais difficilement la raison qui avait poussé mon père à choisir ce lieu baroque pour nos retrouvailles : ce n'était pourtant pas le type d'homme à fréquenter les pubs et encore moins les bars gays.

Le serveur allait et venait dans la salle et ne semblait aucunement vouloir s'embarrasser par la présence d'un nouveau client qui n'aurait pas détesté être traité avec un minimum de déférence. Affairé derrière son comptoir, il persistait à m'ignorer. Excédé par son manque d'intérêt, je brandis le bras pour l'interpeller. Sans réaction apparente, il ne prit pas la peine de lever les yeux en ma direction. Finalement, il abandonna sa tâche en jetant son chiffon sur le comptoir et il vint vers moi.

Vraisemblablement courroucé, le serveur se planta debout devant ma table, les mains sur hanches à me mesurer. « Alors, pédale, t'as choisi ce que tu veux boire? », lança-t-il avec sa voix efféminée et son ton impatient. À ces mots, la dame au Martini gloussa; quant à moi, j'avalais ma salive de travers, car de toute mon existence, jamais n'avais-je toléré les familiarités grossières et encore moins les propos injurieux. Je lui demandai une bière. Le serveur insolent ayant constaté l'expression choquée sur mon visage se ravisa et me fit un clin d'œil complice.

Il revint avec une bière dans un gobelet de plastique qu'il déposa devant moi sur la table. Je me redressai afin d'avoir accès à la poche avant de mon pantalon et y plongeai la main pour trouver de quoi payer ma consommation. Je soupçonnais mon père d'avoir choisir ce lieu de rencontre parce qu'il était un homme simple et économe.

Considérant que ces dernières quarante-huit heures avaient été abondamment arrosées, sans compter le fait que j'avais perdu conscience suite à ma crise de douleur aiguë, j'étais étonné de me retrouver devant cette boisson posée au centre de la table. J'aurais pu opter pour un jus ou de l'eau gazeuse, mais dans un bar, il était rarement approprié de commander ce type de choses. Mes lèvres serrées percèrent l'épaisse mousse blanche et permirent au nectar doré d'humecter ma bouche pâteuse et d'étancher ma gorge sèche d'un seul trait.

Je faisais pivoter le gobelet de plastique entre mes mains nerveuses, les yeux rivés sur l'entrée du bar, guettant l'arrivée imminente de mon géniteur, lorsque le serveur revint à ma table, bloquant la vue imprenable que je gardais sur l'entrée principale : ce dernier proposait — sur un ton approprié cette fois — de remplir à nouveau mon gobelet. Étonné par son offre, je remarquai que le fluide doré s'était évaporé aussi vite que le temps. Je lui rendis le gobelet; réponse affirmative.

Je détachai mon attention de la porte d'entrée pour tourner mon regard du côté du serveur qui s'amenait avec le verre de bière à la main; mon regard croisa celui de la dame au Martini qui me fixait droit dans les yeux. Elle me salua en levant légèrement son verre tout en inclinant la tête. Quelque peu gêné par son regard insistant, je lui répondis par un sourire crispé. Le serveur déposa ma consommation sur la table. J'allais replonger la main dans la poche de mon pantalon pour en tirer quelques billets, lorsque le serveur balaya l'air de la main. Il m'indiqua que la dame au Martini avait réglé la note. Je me tournai vers elle et levai mon gobelet en guise de remerciement. Cette offrande m'embarrassait et, au lieu d'échanger des sourires niais, je détournai rapidement la tête.

J'avais les yeux rivés sur l'entrée principale, comme le chien imperturbable guettant le retour de son maître. À mon arrivée au débit de boisson, préférant m'attarder aux quelques éléments anodins du concept éclectique de la décoration, je refusai de me concentrer sur l'anxiété que j'éprouvais à l'idée de retrouver mon père. Il s'était évanoui dans la nature sans laisser de trace, éliminant toute possibilité de le contacter. Il avait mis plus de dix ans à donner de ses nouvelles. Il avait obtenu mon numéro de mon téléphone mobile par l'entremise de mon avocat, qui l'avait cherché pour normaliser certains détails juridiques de mon testament et retrouvé terré quelque part à San Francisco.

Il n'expliqua nullement la raison de son retour en ville ni pourquoi il souhaitait me rencontrer. Quant à moi, désirai-je véritablement le revoir? Qu'avions-nous tant à échanger? Dans mes souvenirs, lorsque nous habitions sous le même toit, nous nous adressions des banalités sans véritablement nous intéresser l'un à l'autre. Pris dans cette réflexion, je perdis contact avec la réalité au point de ne plus avoir conscience du temps qui passe.

Mon esprit s'était laissé hypnotiser par l'attente du patriarche et l'effet de l'alcool me rendait léger et mon imagination se mit à galoper dans toutes les directions. Je visualisai mon père, devenu cul-de-jatte, poussant vigoureusement les roues de son fauteuil roulant dans la porte d'entrée principale et venant jusqu'à moi, pour ensuite me faire le récit de son incroyable épopée. Choqué par l'attaque terroriste perpétrée à New York quelques années auparavant, il se serait engagé dans une entreprise de sécurité pour laquelle il serait allé jouer les mercenaires en Irak. Lors d'une échauffourée, il aurait croisé le fer avec des rebelles armées et aurait perdu le bas de son corps au combat. « Affreux portrait. »

Je secouai la tête pour chasser ces images de mon esprit. Mes idées vagabondes s'arrêtèrent sur une conception chimérique moins dramatique. Je croyais le voir faire son entrée par la porte principale du bar. Or, à ma grande surprise, c'est du fond de la pièce que résonna la voix de mon père. Il sortit de la porte des cuisines et traversa la salle pour venir à ma rencontre.

Il était accompagné d'une Mexicaine considérablement plus jeune que lui. Irradiant de bonheur, il tenait deux enfants dans ses bras. Sa conjointe en tenait un troisième, un bébé fille qui dormait, blottie dans ses bras. Mon père semblait avoir refait sa vie, s'était remarié et avait continué d'assurer sa progéniture. Il me présenta fièrement mes deux petits frères et ma petite sœur. Il affichait un air heureux. Jamais ne l'avais-je vu auparavant exprimer une telle joie. Avec éloquence, il me raconta qu'il s'était installé en ville avec sa petite famille et qu'il avait acheté ce débit de boisson en vue de le transformer en restaurant. Il souhaitait se rapprocher de moi, prendre un nouveau départ et recréer une grande famille unie. Cette idée singulière m'embrouilla entièrement l'esprit.

Je portai le gobelet à mes lèvres et constatai qu'il était vide.

De façon soudaine et inattendue, la dame au Martini de la table voisine, qui tenait dans une main son cocktail de gin et de vermouth et dans l'autre une bière fraîche pour moi, s'invita à ma table. Je ne savais pas comment agir : devais-je user de politesse et l'expédier subtilement, prétextant un rendez-vous imminent ou user de galanterie et la laisser se joindre à moi? Forcément, je devais jouer le rôle de gentleman. Ma soif lui tenait à cœur après tout.

Le visage passablement amoché de cette inconnue laissait deviner la soixantaine passée. Il était vilain à regarder, tout comme le reste de son corps, d'ailleurs, qu'une robe de mauvais goût rendait encore plus disgracieux. Visiblement, la nature semblait avoir tristement négligé cette pauvre dame.

Nous échangeâmes les politesses d'usage. Je la prévins de l'arrivée imminente d'une connaissance, mais lui assurai que pour l'instant elle avait toute mon attention. « Je sais. Vous n'êtes pas ici pour séduire », affirma-t-elle avant d'avaler un coup de Martini. « Merci de dire cela : ça permet d'éviter les malentendus », dis-je en plongeant mon regard dans mon contenant de bière.

— Vous en êtes à votre troisième verre : vous devriez pourtant vous sentir détendu.

— Un proche m'a donné rendez-vous dans cet endroit inhabituel. Ça me rend nerveux, je dois l'avouer. Vu l'heure avancée, tout me porte à croire qu'il n'est pas en retard, mais qu'il ne viendra tout simplement pas.

— Sincèrement, vous croyez? Et, si je vous disais que vous êtes assis devant celui que vous attendez?

— Pardon?

« C'est bien moi, ton père. Le moins qu'on puisse dire c'est que j'ai changé, n'est-ce pas? », bafouilla-t-il en affichant un sourire agacé. Je bondis en l'air, laissai échapper une sorte de cri de stupéfaction, puis retombai sur mes pieds.

— Pardon! C'est quoi, ce bazar? Ne vous payez pas ma tête!

— Je sais, c'est difficile à imaginer. Allons, fils, rassieds-toi, et laisse-moi t'expliquer.

— Des bobards! N'imaginez pas un instant que je vais croire vos sornettes. Jamais mon père ne s'amuserait à ce petit jeu.

Je ne croyais pas un mot de cet individu camouflé sous les traits de cette femme qui cherchait à se faire passer pour mon père, et pourtant lorsque je plongeais mon regard dans le sien, je repérais dans le creux de ses yeux un air familier. Je décidai de me calmer, de me rasseoir et d'écouter ce qu'il s'apprêtait à expliquer.

« Ça fait un bail, hein? » Un large sourire niais était suspendu entre ses deux oreilles. Il semblait vulnérable et penaud. Une pause silencieuse creusa un sillon d'embarras pendant que nos regards fuyants s'attardèrent à considérer le centre de la table. Les vieilles habitudes refaisaient surface et nous n'étions pas plus doués pour le dialogue qu'autrefois. Déterminé à ne pas permettre au passé de resurgir, je relevai la tête pour le tenir à l'œil. Je l'intimai de m'expliquer le motif de cette rencontre: c'était lui qui avait demandé à me voir.

— Comme ça, t'es célèbre, y paraît? C'est ce qu'a dit ton avocat, en tout cas.

Je ne voulais très certainement pas m'avancer sur ce terrain. Je fronçai les sourcils pour témoigner mon indifférence.

— T'as raison. Je... Je te dois des explications. Commençons par le début.

— Mais qu'est-ce que tu fais dans cet accoutrement, à quoi ça te sert tout ça?

— Ne me coupe pas la parole et laisse-moi t'expliquer. Ce que j'essaie de te dire, c'est que ça ne m'a pas pris d'un seul coup. J'avais au moins quatorze ans quand ça s'est manifesté pour la première fois. Depuis ce temps-là, je suis comme ça. J'ai essayé de refouler mes pulsions, je me suis vraiment forcé pour les camoufler. Comme tu vois même après toutes ces années, je ne pouvais plus continuer à lutter contre ma véritable nature.

Il paraissait chercher à combler le trou de mémoire qui s'était creusé entre lui et moi. Cet homme, étranger à ma vie, était en proie à d'insoutenables remords. Il venait faire des confidences, révéler ses secrets, livrer la confession du pécheur repentant.

Lorsqu'il se maria à ma mère, il crut que ses « idées » allaient disparaître. Mais, plus le temps passait, plus il prenait conscience du fait qu'il était prisonnier d'un corps qui n'était pas le sien. Il éprouva le désir grandissant de porter ce déguisement de mascotte. Les choses empirèrent quand ma mère devint enceinte. Impuissant à lutter contre ses pulsions, il succomba à la fièvre brûlante qui le dévorait. « Ça venait me chercher de l'intérieur », expliqua-t-il. Ma mère avait l'habitude d'effectuer ses emplettes les vendredis soir. Cette fois-là, il avait attendu son départ impatiemment pour s'abandonner à son plaisir capiteux. Il débarrassa son corps de toute pilosité, sortit une robe qu'il avait cachée dans le garage et l'enfila quand il fut certain d'être seul. Ce soir-là, il se rendit dans ma chambre. « Je me sentais bien, je me sentais femme, je me sentais mère », soutint-il. Il racontait avoir éprouvé beaucoup de bonheur à passer de long moment à me bercer au creux de ses bras.

Je n'en croyais pas mes oreilles. Le moins que je puisse dire, c'est que son intelligence émotive surpassait bien davantage que son nouveau look. Véritablement, je ne le savais pas capable de ce genre de sensibilité.

Il se rappelait d'un moment précis où, me tenant dans ses bras, bébé, il avait été tiré brusquement d'une petite sieste par mes pleurs soudains. « Tu chialais tellement, t'avais probablement faim », présuma-t-il. Il ne se souvint pas s'il avait dormi trop longtemps ou si ma mère était revenue à la maison plus tôt que prévu, mais celle-ci l'avait surpris à me donner la tétée avec son mamelon plat et sec. Forcément, elle était entrée dans une colère noire.

Elle ne le dénonça pas auprès de la justice, mais elle fit planer cette menace comme une épée de Damoclès sur sa tête s'il n'allait pas consulter un psy. Au lieu d'opter pour le divorce, ils avaient convenu de rester ensemble, à la condition qu'il se tienne à l'écart, loin de l'enfant, loin d'elle.

Pour l'humilier, elle l'obligea à brûler dans la chaudière de la maison sa robe, ses sous-vêtements, ses bijoux, son maquillage et ses souliers à talons hauts. Il se convint lui-même, d'imposer à la nature de reprendre ses droits pour en faire un vrai homme. Afin de préserver les apparences et garder sa place dans le nid familial, il fut contraint de jouer un rôle, celui du mari ingrat et du père distant.

Il est possible que ce petit discours censé m'émouvoir explique les raisons de son absence et son désintérêt de sa paternité à l'époque. Cherchait-il à se faire pardonner? Cherchait-il à renouer les liens avec moi, à effacer le passé pour écrire l'avenir?

Il insista sur le fait que malgré son apparence de travesti, il avait toujours été une femme dans son esprit. Il se considérait comme un transsexuel. Pour éviter la confusion, il précisa qu'il aimait cependant les femmes, comme une lesbienne.

— T'es sérieux? T'as cherché à me rencontrer pour me dire que t'es une lesbienne?

— Non! Bien sûr que non.

— Pourquoi, tu racontes tout ça. T'avais besoin de soulager ta conscience.

— J'ai besoin d'argent.

— Qu'est-ce que t'as fait de l'argent que t'a rapporté la vente de la maison?

— Y a beaucoup de choses à payer. Il y a le traitement aux hormones, les vêtements, une nouvelle identité, un nouveau travail, une nouvelle vie. Et là, il me reste une dernière étape à franchir. Il me faut beaucoup d'argent pour changer de sexe.

— Je ne te juge pas. Je ne critiquerai encore moins ta vie. Mais malheureusement, tu ne pourras pas compter sur moi pour satisfaire ton caprice.

— Il y a une clinique en Thaïlande qui accepte de m'opérer pour une fraction du prix.

— En venant ici, j'osais croire que tu allais enfin jouer ton rôle de père, en montrant un intérêt réel et sincère pour ta progéniture. Au lieu de cela, tu viens me réclamer de l'argent pour devenir ma seconde mère. Depuis que t'es assis devant moi, t'as pas pris la peine de prendre de mes nouvelles, tu n'as pas demandé si j'étais marié, tu ne t'es pas informé à savoir si j'avais des enfants.

— Tu es marié, fils?

Il réussissait si bien à m'irriter que sous le coup de la colère, je me levai brusquement et fis basculer ma chaise. Encore une fois, la douleur me terrassait; je sentais mon corps défaillir et pour ne pas m'écrouler j'appuyai les mains sur la table. Je ne voulais pas paraître diminué, alors je ravalai ma souffrance sans trembler avant de lui restituer mon indignation au visage.

— Si seulement cet argent pouvait te préserver de la maladie ou de la mort... mais ce n'est pas le cas ici. Je ne crois pas que l'argent puisse sauver qui que ce soit, tu peux me croire.

— Pour trouver une zone de confort dans la vie, certains s'enfoncent dans la religion, certains changent de sexe, il y en a d'autres qui sont autosuffisants, tout comme toi. Les manuels d'instruction c'est bon pour les appareils. Par contre dans la réalité, il n'y a aucun mode d'emploi pour vivre. Bien sûr pour toi, ça a été différent avec ton arrogante intelligence et ton inébranlable acharnement qui ont fait de toi un homme accompli, un être finalement parfait.

Je rageais devant le narcissisme exacerbé de cet homme qui se déclarait mon père. Je comprenais à quel point je lui ressemblais — la pomme ne tombait jamais loin de l'arbre : j'étais individualiste, mais jamais égoïste à ce point.

Je me sentis imbécile de prétendre pouvoir espérer un peu de compassion et d'humanité avant d'être fauché par la mort. Il était mon dernier parent vivant. L'heure n'était pourtant pas aux regrets et aux rancœurs, mais à l'amour et aux pardons. Je ne savais pas si je devais moi-même pleurer mon décès prochain.

Son galimatias rendait toute forme d'échange impossible. Nous ne parlions pas la même langue, ne disposions des bons outils émotionnels pour nous comprendre. Un mur d'incompréhension, étages successifs de briques moulées dans un orgueil opaque, se dressait entre nous et annihilait tout espoir de partage sur le plan humain.

La tête en feu et le cerveau en ébullition, je me levai, et sans dire adieu, laissai derrière moi dans ce bar misérable ce sinistre parent et son destin sordide. Accablé de douleur, croulant sous le chagrin, je me précipitai vers la sortie espérant pouvoir m'enfuir à la course. Mais mon corps m'en empêchait. J'avais l'impression d'avancer contre une barrière de vent ou de patauger dans la mélasse. Pendant que je peinais à m'éloigner, j'entendais sa voix puissante m'interpeller.

— Fils!

Je me retournai vers lui. Je l'aperçus planté debout près de la table. Ses yeux rouges laissaient fuir des larmes qui se mêlaient à son mascara et barbouillaient ses joues couperosées. Il tenait un révolver qu'il pointait sur moi tout en me regardant droit dans les yeux. Je respirais mal, la douleur m'électrocutait la poitrine. Sa main armée tremblait au rythme de ses sanglots convulsifs. À bout de force, à la minute où je m'évanouis sur le sol de béton poli près de l'entrée, j'entendis la déflagration. On entendit un fracas assourdissant : le projectile lui avait traversé la moitié du crâne et avait projeté sur les murs une sorte de hachis de chairs et d'os broyés.

9

L'APPARENCE

Autour de moi, il n'y avait que plaintes, gémissements et supplications. Provenant du corridor, une dissonante chorale de voix humaines en détresse, braillant leur douleur, résonnait à travers les murs des Lamentations. Je n'éprouvai nullement la nécessité d'ouvrir les yeux pour savoir où je me situais : je l'avais compris bien rapidement.

Dès la naissance, l'espèce humaine est confrontée à la brutalité implacable de la vie. Au cours de son évolution, l'humanité fait face à divers obstacles tout aussi pénibles à surmonter les uns que les autres, dont la douleur physique, la famine, le froid, la maladie, la détresse et l'indigence : la liste des infortunes humaines est interminable. Et il semble que nous, femmes et hommes parvenions tant bien que mal à nous accommoder de chacune d'elles.

J'entrevoyais une cruauté dont la vie devait se répudier, celle du mélange des genres, la vie étant une chose et l'existence, une autre. Les épreuves imposées par le destin doivent nous rendre plus fort, mais lorsqu'elles s'abattent sur un corps à l'agonie, elles deviennent une ignominie sans pitié et d'une lâcheté sans réserves.

Je n'emprunte pas le sentier judéo-chrétien qui considère la douleur comme la sanction d'une faute menant droit au chemin de la rédemption. Néanmoins, je constate que la vie s'acharne sans répit sur l'existence uniquement dans le but de faire souffrir, tel un passage obligé afin d'en être libéré. C'est donc dire : plus l'espèce humaine s'approchait de la souffrance, plus elle se remémore son origine à la vie, et que le seul soulagement possible trouvait sa récompense dans la délivrance du corps par la mort.

Loin de moi l'idée de me prétendre philosophe. Pratiquant le métier de chasseur d'images, cette macédoine théorique appartient aux métaphysiciens plutôt qu'aux mourants en quête de réponses. J'aurai au moins retenu une chose de mes réflexions *camusiennes* : la vie était une affliction dont l'existence pourrait légitimement se passer.

— Hé toi! C'est le sexe ou la course à pied qui t'amène ici?

J'ouvris les yeux pour la première fois en tournant mon regard vers la source de cette voix masculine aux accents toniques hispaniques. Il reposait sur un lit, allongé sur le dos sous une cage, une couverture le recouvrant entièrement à l'exception de sa tête qui dépassait à une extrémité. Je parvenais difficilement à distinguer ses yeux entre les compresses étalées sur son visage. « C'est probablement parce que t'as abusé des stéroïdes pour tes marathons que t'es là en train de crever, hein? »

Je reconnaissais cette intonation presque familière : c'était celle d'un collègue de travail, Elvis Manuel!

À force de détermination et d'acharnement à vouloir briller, Elvis Manuel était devenu un producteur renommé. Il avait gravi chacune des marches des affaires, contournant intolérance, pauvreté et racisme avec brio. De recruteur de nymphettes pour agences de mannequins à producteur dans l'industrie de l'apparat, Elvis Manuel avait réussi là où beaucoup avaient failli, faisant mentir tous les pronostics qui jouaient en sa défaveur.

Nous ne partagions aucune affinité naturelle et la seule valeur commune que nous avions passait par le respect de nos professions respectives. Et c'est justement là que notre improbable relation prenait fin. Ma première rencontre avec ce personnage grandiloquent remontait au temps où j'avais accepté un contrat pour le magazine new-yorkais *Vogue*. Lors d'un shooting de maillots de bain féminins aux îles Turquoise, mon client me colla Elvis Manuel comme d'éditeur graphique. Le diable, il assura comme un vrai chef! Le contrat se déroula sans la moindre anicroche et nous connûmes par la suite un succès commercial sans précédent avec nos photos.

Mais au-delà de notre capacité à mener des projets à terme, il en demeure que nos dissensions fondamentales dégageaient un parfum de divergence. Telles des pièces de puzzles taillées de manière identique, mais appartenant à des casse-têtes différents, rien ne pouvait nous unir. Nous devions composer avec cet état de fait, et plutôt que de s'assembler, nous choisîmes de mettre en œuvre nos symétries en nous calquant l'un sur l'autre. Je laissai à ses bons soins les communications avec le personnel, car il était diplomate et parlait d'une voix douce et avenante. Sa manière charismatique de s'exprimer sans jamais devoir élever le ton calmait les ardeurs de tous ceux qui cherchaient à discuter mon autorité. Il possédait un don pour séduire et son talent de persuasion lui permettait de faire accepter n'importe quoi à n'importe qui. C'est d'ailleurs ce qui lui valut, un infâme sobriquet;

– El Diablo. Tu sais bien que je suis seulement accro aux estrogènes.

Se trouver dans le même hôpital dans la même chambre était manifestement inusitée. Malgré notre dissemblance apparente, nous nous témoignions un contentement partager de se retrouver. Même qu'après une longue période sans s'être vus, nous reprenions la conversation comme si elle n'avait jamais cessé. Loin d'être les meilleurs amis du monde, nous nous amusions à nous taquiner gentiment ce qui permettait d'oublier nos états respectifs de désolation mutuelle. C'est avec enthousiasme et une ferveur animée que nous évoquions les projets auxquels nous avions autrefois été associés et nous prenions un plaisir malin à persifler ceux qui marchaient sur nos platebandes professionnelles. Or, après un long moment à jaboter, nous nous retrouvions inexorablement en panne de carburant pour alimenter notre conversation. Puisque les connaissances personnelles que nous avions l'un de l'autre faisaient gravement défaut, il nous fallait alors marquer une pause. Évidemment, tout le mérite — ou la faute, c'est selon — de cette situation me revenait.

Étant constamment entouré de collaborateurs, j'imposai quelques règles strictes à observer, particulièrement au début de ma carrière. Je refusais de faire connaître les détails de ma vie intime, évitant ainsi de m'exposer aux puériles mesquineries des collaborateurs. Quant à mes relations de travail, je m'abstenais de fréquenter les patrons et leurs subordonnés hors des murs des studios pour éviter que ma vie privée ne serve de munitions en cas d'attaque ou de divergences d'opinions.

Notre conversation badine rompue au silence raviva ma douleur à la tête. Scrutant du bout des doigts la zone sensible de mon visage tuméfié, je repérai un diachylon sur mon arcade sourcilière. J'omettais volontairement de penser à l'évènement responsable de cette blessure. Chasser de ma mémoire tout souvenir pour ne plus avoir à penser à celui qui n'avait jamais été présent et qui était disparu pour de bon.

Au seuil de la porte de la chambre laissée ouverte, un homme me salua. Je reconnus immanquablement la tête de ce médecin, flanqué d'un infirmier qui tirait sur une tige à soluté munie de roulettes et surmontée d'un appareil électronique duquel sortait des fils et des tubulures de plastique. Les deux hommes vinrent à mon chevet.

Pendant que l'infirmier s'affairait à relier la tubulure de l'appareil électronique à mon cathéter, le médecin tendit le rideau pour nous isoler du voisin de chambre.

Il se pencha vers moi, puis demanda : « Comment vous sentez-vous? » Il mit la main sur mon épaule pour simuler l'empathie. « Les analyses démontrent que votre situation s'est aggravée. Vous ne pourrez plus supporter la douleur; la prochaine fois ce sera le coma. L'infirmier a relié votre cathéter intraveineux à ce distributeur d'analgésique. Chaque fois que la douleur deviendra intense, vous n'aurez qu'à appuyer sur ce bouton », souffla-t-il pour me rasséréner.

L'infirmier entra une combinaison de chiffres sur le clavier de l'appareil, puis quitta la chambre. Le médecin, quant à lui, poursuivit ses explications sur l'utilisation de l'appareil, puis évoqua le moment où, à son cabinet, il avait prédit ma mort imminente. Sur ma civière, prostré, le regard vide, l'écoute passive, je ne vibrais pas d'attention envers son discours soporifique.

Les médecins excellent dans la mécanique du corps, ce qui ne leur confère guère le talent d'orateur et le maniement des mots ne paraissait nullement des outils pourvus de sens, mais des objets de communication dépourvus d'intérêt. À la fin de son monologue, je lui exprimai ma gratitude pour sa bienveillance. Le médecin quitta la chambre, me laissant seul, cloisonné et sans espoir de croiser un regard de compassion.

Elvis Manuel, mon compagnon de chambre, se mit à la tâche de me sortir de mon mutisme. « C'est le maquereau d'une morue qui t'a harponné le visage de la sorte? », demanda-t-il en boutade. « Je ne fraie pas dans ces eaux-là », rétorquai-je en m'esclaffant.

La réalité ne pouvait être contournée davantage et l'inévitable nous rattrapait au moment où les médiocres balivernes se révélaient embarrassantes.

— Il n'y a pas si longtemps, celui qui vient de sortir m'avait annoncé une période de vie de courte durée et que je pouvais expirer à tout moment. Maintenant, il est revenu me prévenir que mes derniers instants tiraient à leur fin, affirmai-je.

Ma tentative d'éviter de sombrer dans le pathétique avait échoué et l'atmosphère bon enfant jusqu'ici présente fit place à un climat de morosité. Dans mon brancard, les yeux rivés sur les carreaux en carton pressé du plafond, je fis part de mon désarroi à mon ex-collège co-chambreur. Je décrivis en détail les difficultés que le destin avait mises sur mon chemin, parlai des limites de la science face à mon cas, racontai mes mésaventures auprès des marchands de bonheur et affirmai mon refus de me laisser condamner.

Elvis Manuel écouta mon récit avec la même réserve que je lui ai toujours connue; jamais il n'intervint pour l'interrompre de ses propos ou le ponctuer d'exclamations ou d'interjections. Il s'en tint à la discrétion. Je l'entendis pleurer en sourdine, sans doute par respect. À en juger notre condition, il sanglotait parce que nous étions confrontés à une situation analogue. Je restais de marbre. Je ne voulais pas pleurer, je rageais de colère plus que de chagrin. « Hey, El Diablo, ça va aller », dis-je malhabilement. « Ne sois pas idiot. Comment ça peut aller?! », cria-t-il d'une voix étranglée. Je sentis un malaise s'immiscer dans notre malheur.

— Je peux faire quelque chose pour toi, vieux?

— Je veux qu'on laisse ce satané de rideau ouvert! Est-ce trop demander?

J'étais estomaqué de l'entendre perdre ainsi son sang-froid. Le Elvis Manuel que je connaissais employait la douceur, jamais la rudesse. Une infirmière afro-américaine au ventre rebondi vêtue d'une robe fuchsia serrée se précipita à la hâte dans la chambre accourant à la détresse de mon compagnon éprouvé. « Allons, qu'est-ce qui ne va pas ici, Elvis? », demanda-t-elle. Ce dernier haussa la voix :

— *Mierda! Abre el telón, Consuela!*

— Elvis, cessez de crier. Vous devez déclencher la sonnette pour obtenir notre aide.

— Je sais, mais c'est beaucoup plus drôle de vous voir rouler en trombe jusqu'ici, rétorqua-t-il sur un ton moqueur.

— Mais, Elvis, vous savez bien que je ne comprends pas l'espagnol. Bon, alors, qu'est-ce que vous voulez?

Pour l'occasion, je me fis l'interprète de mon ami « nuyoricain ». Résignée, l'infirmière replia le rideau qui scindait notre chambre et le rangea contre le mur, près de mon lit. Elle se trouva suffisamment près de moi pour me permettre d'examiner le badge sur sa poitrine : son vrai prénom était Mary. Je crois qu'El Diablo affublait Mary du sobriquet Consuela, parce que dans son langage vernaculaire, ce prénom avait le sens de *confort* et de *consolation* en espagnol.

Elvis Manuel plaça quelques blagues bien salaces à l'endroit de Mary, mais celle-ci ne me montra pas offusquée ; elle réagit plutôt avec humour. Avant de nous quitter, elle s'assura que nous ne manquions de rien et somma Elvis Manuel d'utiliser désormais la sonnette s'il avait quelque requête plutôt que de hurler à tue-tête.

J'observai les jambes courtes et dodues de Mary. Au moment où elle allait tourner les talons pour sortir de la chambre, je m'attardai à ses mollets gonflés et je compris pourquoi elle permettait à Elvis d'exprimer son agressivité ou de faire des blagues douteuses. Les jambes solides de Mary pouvaient supporter à elles seules le poids de la souffrance de tous ses patients.

À quoi bon se prendre la tête avec un éclopé et lui chercher querelle? Cela vaut-il vraiment la peine d'enseigner les bonnes manières à un moribond? Quand la mort soutient votre regard, il est impensable de la quitter des yeux, car à la moindre expression de contrariété de votre part, elle vous basculera en enfer. La personne expirante s'accroche à son dernier souffle d'espoir, ses manières grossières expriment la rage d'être plus faible que celui qui est en face de lui. Et ça, Mary le comprenait très bien.

— Ma foi! Ils t'ont installé la même que moi. L'auto-injecteur, y a rien de mieux. Tu vas apprécier. Le problème c'est qu'il n'y a qu'un seul parfum.

— Je ne suis pas ici pour faire de la critique culinaire. Je dégage dès demain.

— Attends, ça fait presque trois jours que t'es là, et tu ne sembles pas prendre du mieux. Tu vas regretter ta distributrice.

Médusé, je m'arrêtai pour réfléchir à ce que venait d'énoncer El Diablo. Je constatai avoir perdu la mémoire ainsi que la notion du temps.

Saisi d'urgence, je voulus récupérer les jours que j'avais gaspillés sur ma civière. En commençant par m'extirper du lit. En m'asseyant sur le bord, je sentis sous mes pieds le sol lisse et froid. Je soulevai mon corps en prenant appui sur la tige du soluté. Je me servis de ce support à roulettes pour me déplacer. Je ne possédais plus la même vitalité qu'avant ma chute, mais je réussis sans trop de peine à me mouvoir jusqu'au fauteuil roulant rangé dans le coin de la chambre contre le mur.

— Je ne vais pas moisir ici. Je connais un endroit à Miami où je pourrai me donner une dernière chance, sinon je crèverai au soleil la gueule ouverte.

— Tu parles du *Hippocrate Institute*?

— Oui. Tu connais?

— En fait, je connais une fille qui se trouve là-bas.

— Ce n'est pas son dernier recours, dis-moi?

— Aux dernières nouvelles, elle y faisait une cure de régénération. Ma foi, c'est totalement loufoque : je lui ai justement envoyé récemment un texto pour lui annoncer que je partageais ma chambre avec son idole. Tu te souviens de Sciota?

— Non, du tout!

— Tu sais cette fille du Vermont qu'on avait eu sous contrat pour le spot publicitaire? Celle dont le personnage était peintre, mais qui, en réalité n'avait pas la moindre aptitude artistique? Par souci de détail, t'avais exigé que j'embauche un artiste pour lui montrer comment tenir un pinceau.

— Si je lui avais confié le mien, je crois que je m'en souviendrais.

— Si tu te rends à Miami, tu seras à même de juger si elle a appris à manier le pinceau.

Je poussai sur les roues de chaque côté du fauteuil et réussis à me déplacer tant bien que mal, tirant sur la tubulure pour faire avancer la tige à soluté, jusqu'au lit d'El Diablo. Je voulais me rapprocher afin d'en apprendre un peu plus sur son état. Cela me glaça le sang de voir sa tête suppurer à travers les bandelettes de gazes qui masquaient son visage.

— Et pourquoi tu ne te joins pas? On pourrait peindre des tas de tableaux avec cette fille.

— Je vais crever d'un jour à l'autre, tu sais. Mon corps pourrit de l'intérieur et se liquéfie de l'extérieur. La fête est terminée!

— Comment t'en es arrivé à te retrouver dans la même chambre que moi?

Je me penchai sur El Diablo et relevai le coin du drap qui couvrait sa cage : il était dénudé et tout son corps tressaillait. Je grimaçai en voyant sa peau écorchée vive entièrement couverte de plaies baignant dans le pus. Je laissais retomber le drap sur la cage avant de plonger mon regard dans ses yeux.

— L'orgueil. J'ai mis trois mois pour atterrir ici. J'ai toujours pris un soin méticuleux à soigner mon apparence. Je voulais paraître encore plus beau. Je badigeonnais mon corps de lotion-crème de la tête au pied, matin et soir. Tu connais l'hydroquinone? C'est une lotion éclaircissante. Ça m'a fichu dans ce mauvais état. Le déclin a été foudroyant.

— Pourquoi, t'as fait ça?

Il avait prélude son récit par « Il y a trois mois ». Il reçut un appel téléphonique. Il avait reconnu dans l'écouteur la voix d'une femme. Il avait entretenu jadis une relation amoureuse avec elle. Celle-ci prononça « Elvis ». À l'époque elle ajouta « C'est fini ».

Dans son imaginaire, Elvis considérait la possibilité de communiquer à travers le temps avec son *smartphone* capable d'entretenir des conversations entre interlocuteurs de diverses époques. C'était la voix du passé qui le rejoignait, surgissant d'un tiroir de l'oubli.

Les présentations étaient facultatives. Elvis Manuel reconnut immédiatement cette femme au timbre de sa voix. Cet imprévisible appel le pétrifia littéralement. Par bonheur, l'éclat de rire homérique de son interlocutrice apaisa son esprit. Ils se saluèrent allègrement, échangèrent des politesses ponctuées de petits rires nerveux. Même si autrefois ils partagèrent des liens intimes, à présent chacun gardait ses distances tout en restant évasif sur leurs préoccupations actuelles. Ils ressassaient dans la joie les événements vécus ensemble, évoquant certains souvenirs et se remémorant la manière dont ils avaient fait connaissance.

Au fil de la conversation, Elvis se mit à se questionner intérieurement sur l'intérêt soudain que lui portait cette femme après tant d'années de silence. Son désir à reprendre contact lui sembla louche. Au fil de la conversation, tandis qu'elle faisait un survol des plus récents changements dans sa vie, l'expression « difficultés financières » fut prononcée. À ces mots, Elvis poussa un soupir de protestation qui se traduisit dans le haut-parleur du combiné de l'interlocutrice par un puissant chuintement.

La femme admit être embarrassée de devoir le contacter pour lui demander ainsi de l'aide, mais elle se reprit en alléguant que dans les faits, la somme n'était pas pour elle, mais bien destinés à financer les études universitaires de sa brillante fille. Voyant sentir la nécessité pressante de se racheter, elle lui dévoilait finalement qu'elle avait mit fin à leur relation, car il était noir, et ses parents, blancs, n'approuvaient pas cette relation interraciale.

Elvis Manuel espérait posséder une seconde application magique sur son *smartphone*, une qui lui permettrait de revenir sur les paroles passées, avec la possibilité de modifier certains passages et ainsi changer le cours des conversations pour ne pas avoir à entendre ce fatras d'ignominies.

Vexé par ce cruel aveu et faisant preuve de sentiments, il lui confia que depuis la rupture, aucune autre ne l'avait remplacée dans son cœur. La déclaration n'émut guère l'interlocutrice à l'autre bout du fil. « Tu aurais dû te battre pour me ravoir », clama-t-elle sèchement. « Mon cœur s'est brisé lorsque tu as rompu. Jamais tu ne m'as exprimé l'importance que j'avais pour toi », affirma-t-il.

« Alors, si j'ai réellement compté pour toi, prête-moi cet argent que je te demande », supplia-t-elle. Désapprouvant sa requête, il lui signalait clairement son refus. Se sentant piégée, la femme éclata en sanglots et avoua à Elvis qu'il était le père de sa fille. Pendant de longues minutes, ils se parlèrent à voix basse en larmoyant. Ils conclurent qu'il était indispensable qu'ils se rencontrent le plus tôt possible pour effectuer un test d'ADN en vue déterminer si Elvis était le père de l'enfant.

Au bout du compte, le test prouva bel et bien la paternité d'Elvis. Celui-ci choisit d'assumer pleinement sa paternité et il délesta les cordons de sa bourse afin de permettre à sa fille d'entrer au *Massachusetts Institute of Technology.*

Toutefois, Elvis Manuel, qui trouvait sa peau trop foncée, se gardait de précipiter sa rencontre avec sa fille, craignant de bouleverser celle-ci.

J'interrompais alors Elvis pour le confronter à une évidence : « Il ne t'est jamais venu à l'idée qu'elle avait également le teint foncé? » Sa réponse était sans équivoque, il fut rejeté par son amoureuse en dépit de sa couleur jugée trop foncée et cette fois afin de s'assurer qu'il allait se faire accepter par son propre enfant. Il s'obstina à tout mettre en œuvre pour renverser l'inexorable fatalité d'avoir la peau noire d'ébène en modifiant son apparence. D'un Adonis, devenir un Apollon, en quelque sorte.

Il s'accorda trois mois pour accomplir sa transformation et réaliser quelques contrats lucratifs pour amasser ce qu'il fallait pour acquitter les frais d'études de son enfant. Il projeta de quitter Chicago pour venir s'installer à Boston dans le quartier de Beacon Hill dans un luxueux *townhouse* sur Revere Street, qu'il achetait auprès de la prestigieuse agence immobilière *Sotheby's.* Il souhaitait plus que tout faire la connaissance de sa fille, vivre un quotidien avec elle et au fil des jours, rattraper le temps perdu.

N'entretenant dans l'immédiat que des liens avec la mère de sa fille, Elvis planifiait —lorsque le bon moment serait venu — de rencontrer cette dernière au Quincy Market. Il lui semblait qu'il serait moins embarrassant ou stressant pour une jeune femme de rencontrer cet étranger qui se disait son père dans un endroit public.

L'éclaircissement de sa peau allait bon train. En moins de temps qu'il ne l'avait imaginé, son teint passa d'un marron à un caramel clair. Gonflé d'orgueil par la progression éclatante de ce traitement, Elvis Manuel devança son arrivée à Beacon Hill en précipitant son déménagement. À peine venait-il de poser ses valises qu'il découvrit avec effroi que son traitement ravageait la surface cutanée de son visage.

Au fil du temps, des lambeaux de chair se mirent à se détacher de son corps et des phlogoses horribles y apparaître. Dans l'urgence, forcée de changer la trajectoire de sa vie, il transita brutalement du bonheur suprême à la douleur extrême, sans escale. Elvis confessa qu'il avait toujours accordé trop d'importance à son apparence et que c'était en fait son narcissisme qui l'avait mené à sa perte.

Ainsi, dès l'apparition de ses symptômes alarmants, il s'abstint catégoriquement de se montrer publiquement, refusant d'exposer son repoussant épiderme aux regards des autres et préférant se retirer dans l'anonymat et se cloîtrer clandestinement à l'hôpital jusqu'au trépas.

Propulsé dans une course contre la montre, Elvis Manuel fit connaître à la femme « venue du passé », les nouvelles modalités de son engagement envers elle, par l'intermédiaire d'un procureur. Grande gagnante au *sweepstake* de la vie, elle remporta le même jour le *townhouse* et tout l'argent d'un père inconnu, ce qui devait garantir à leur fille un avenir confortable. Non sans tristesse, Elvis dut renoncer au projet de rencontrer sa progéniture. Il exigea du procureur de taire tout détail sur sa condition.

Dans des circonstances entourées de mystères — comme l'avaient été celles qui avaient mené la mère à lui cacher sa fille des années auparavant — , Elvis se retira du monde et coupa tous les ponts.

Elvis Manuel ratait le rendez-vous le plus important de sa vie à l'instant précis où Mary accourait dans la chambre pour tirer le rideau : c'était à ce moment précis qu'il aurait dû aller accueillir son enfant à Quincy Market. Son impuissance le rendait inévitablement irritable et il avait un mal de chien à contenir ses propos ingrats et à tempérer ses inconvenances auprès de l'infirmière.

Un cliquetis provenant de la cage me permit de deviner la suite des évènements. « J'ai sommeil. Maintenant, laisse-moi », réclama Elvis après s'être injecté une dose de calmant pour ses douleurs et ses peines. Je tirai sur la roue de mon fauteuil, tournant le dos à mon compagnon d'infortune. Mary me surprit en délit de fuite à bord du fauteuil roulant et de plus, sans permis de transport pour le remorquage de la tige à soluté.

Dans l'effroi, elle se jeta sur moi, telle une justicière, m'obligeant à retourner dans mon lit. J'en profitai pour lui annoncer mon départ. Elle couvrit sa bouche pour étouffer un cri d'inquiétude. Elle tenta par tous les moyens de me dissuader de mettre mon plan à exécution. Je lui expliquai que je préférais finir mes jours ailleurs plutôt que de terminer ma course ici, vidé de toute substance. Elle argua que la médecine pouvait me soustraire aux atroces douleurs qui m'attendaient.

Mary me dit alors qu'elle voulait s'occuper de moi comme de son propre fils. Dès l'instant où elle employa cet appellatif affectueux, ma gorge se noua et mes yeux s'emplirent de larmes. Le bouleversant souvenir de ma mère revint à mon esprit et je me remémorai l'époque où sa bienveillance apaisait mes blessures.

Je remerciai Mary de sa sollicitude, mais ne renonçai pas à quitter l'hôpital. J'envisageais de prendre congé le lendemain si mon état demeurait stable. Mary saisit mon visage entre ses mains boursouflées, et avec ses lèvres charnues, posa sur mon front un tendre baiser. Elle murmura à mon oreille : « Tu es plus fort que la vie. » De cette proximité sensuelle, je tirai une érection puissante et soutenue. Mary vit ma jaquette se soulever; loin d'être effarouchée par cette incontrôlable manifestation intime, elle se contenta de me sourire.

Dans un enchaînement de gestes de bonté spontanés, Mary agrippa la tige à soluté que je traînais puis, appuyant son abdomen arrondi sur son dossier, elle poussa le fauteuil pour me propulser vers le lit. Une fois couché, l'infirmière releva les barreaux de sécurités des deux côtés du lit. Consuela prit le temps de me border, puis retourna à ses occupations. Je ne me sentais ni accablé par la douleur ni torturé par de lourdes pensées. L'utilisation de sédatifs ne me plaisant guère, or, je n'en n'aurais pas besoin ce soir puisque je me sentais bien et que je sentais un sommeil naturel me gagner.

Il faisait nuit quand un branle-bas de combat dans la chambre me tira de mon sommeil. Surpris par les voix qui s'élevaient autour de moi, je me relevai et constata qu'une équipe s'affairait autour de mon voisin de chambre, débarrassé de sa cage. Son corps à vif gisait à l'air libre sur une civière. Il était branché à des instruments dont les lumières multicolores scintillaient comme des ampoules de Noël. Les blouses blanches s'acharnaient désespérément sur Elvis Manuel tentant diverses techniques d'intervention sur sa flasque carcasse.

Les appareils auxquels il était relié mesuraient le niveau de vie qu'il lui restait. En dépit des injections successives administrées, El Diablo ne revenait à lui que de manière sporadique. À l'écran un trait rectiligne droit se brisant rarement indiquait un rythme cardiaque syncopé. Un engin jumelé à ses poumons respirait pour lui, soufflant l'air indispensable au maintien de ces organes internes altérés par l'hydroquinone.

J'assistai impuissant à la scène de réanimation, profondément bouleversé par ce spectacle désolant. « Hey, El Diablo! ». J'interpellai ainsi mon voisin de chambre à répétition : je voulais qu'il me nargue de nouveau, je souhaitais qu'il rencontre sa fille.

Du personnel soignant surgissant de nulle part approcha de mon lit. Pendant que l'un d'eux m'auscultait, l'autre déclara fermement que je devais dormir. Je m'indignai de leur intrusion; je n'avais pas demandé leur assistance. À peine avais-je formulé cette réflexion que celui qui m'auscultait me somma de me taire, sans quoi il se verrait dans l'obligation de recourir à un sédatif pour me calmer. Je me sentis pris en souricière, ayant la nette impression d'être fait comme un rat. Ils quittèrent les lieux, m'abandonnant à la réclusion derrière mon rideau. Je me souciais de mon voisin en détresse et à cause de cela, l'on me plongeait pour la nuit dans un obscur précipice de tristesse…

Émergeant des profondeurs du sommeil, je m'éveillai habité par un sentiment d'indignation d'avoir été contraint à l'isolement sans la moindre considération, uniquement dans le but de me « maîtriser ».

Sous l'emprise de la colère, je bourrais mon cerveau surchauffé d'impossibles idées. Je me sentis suffisamment remonté pour orchestrer mon départ : je voulais déguerpir presto, m'enfuir ailleurs en claquant des doigts. Avant toute chose, pour réussir, je devais me calmer. Pour y arriver, il me fallait prendre de profondes inspirations afin d'expirer ma hargne et reprendre mes esprits.

Je me mis à calculer mes chances de triompher, conscient de ne pouvoir mettre mon plan à exécution qu'avec l'assistance indispensable de Mary.

En premier lieu, je devais vérifier dans quel état je me trouvais. J'adoptai la position verticale : c'était déjà mieux que la veille. Je tirai le premier tiroir de la commode. J'eus un signe que ma journée allait bien se dérouler : j'avais devant moi mon porte-monnaie et mon téléphone intelligent scellés dans un sac en plastique. Poussé par l'adrénaline, je rompis le sac en deux parties et repris possession de mes biens. Je fus surpris de constater que la pile de mon téléphone était toujours chargée. Je parvins à régler mes affaires illico : en ligne, je réservai un billet d'avion pour Miami et une chambre pour un mois à *Hippocrate Institute*.

Il me fallut ensuite obtenir l'aide de Mary. Je saisis la sonnette et mon infirmière préférée rappliqua sur-le-champ, avec sa ponctualité exemplaire. Je constatai que nous n'étions pas sur la même longueur d'onde : elle était taciturne et avait la mine basse, tandis que moi, j'étais volubile et survolté. Elle remarqua mon agitation. Je lui offris d'abord mes excuses de l'avoir obligée d'accourir ainsi, car il n'y avait aucune urgence médicale. Je lui fis part de mon plan. Elle l'écouta avec une attention respectueuse et ne chercha pas à le contrecarrer. Je ne formulai qu'une requête : qu'elle prévienne la direction que j'étais parti mourir ailleurs. Elle m'assura sa collaboration. Je la remerciai chaleureusement.

Mais avant toute chose, pour que je puisse bouger en toute liberté, il fallait me libérer de mon cathéter. De sa gentillesse coutumière et sans hésitation, elle détacha avec soin la perfusion intraveineuse de mon bras; je pus alors retirer ma chemise d'hôpital. Ma nudité ne sembla pas l'impressionner outre mesure; elle ouvrit la penderie et me tendit mes vêtements. Je revêtis les habits que je portais à mon arrivée; malheureusement, ils étaient tachés du sang provenant de ma blessure à l'arcade. Je dis à Mary que je me désolais du sort réservé à mon voisin de chambre et ajoutai ne pas souhaiter finir mon parcours de la même manière. Tout en accompagnant le geste à la parole, je repoussais le rideau afin d'exhiber ce pauvre El Diablo écorché vif dans son enfer, étalé sur un lit de brasier.

— Tu es au courant?

— Ça m'a réveillé.

— Il est dans le coma maintenant.

— Je le croyais délivré.

— Tu te fais du souci pour lui?

— Il nous arrivait de collaborer à certains projets pour le travail. Nous n'étions pas intimes. C'était un être fat, avouai-je en regardant le sol, embarrassé.

J'expliquai qu'en grattant le vernis, sous la surface, les autres n'étaient pas tellement différents de nous, qu'en dépit des apparences, nous étions en réalité véritablement tous sur un même pied d'égalité. Je retenais de mes retrouvailles avec Elvis qu'il ne s'agissait plus de concurrencer nos existences respectives, mais de réconforter humblement ce qui subsistait de nos vies. Le hasard m'avait permis de me rapprocher d'un homme dont je me tenais à distance.

« Si loin, si près », soupira-t-elle. Ce petit bout de femme maîtrisait merveilleusement le sens de la formule. Je plongeai mon regard dans le sien et lui souris tendrement en guise d'approbation. Elle me confia avoir parcouru les notes du médecin transcrites au dossier du patient relatant les évènements de la veille. « Il est dans un coma profond sans aucune possibilité de retour », révéla-t-elle.

Au beau milieu de la nuit, le puissant analgésique qu'on lui avait administré jusque-là n'a plus suffi à contrer ses atroces douleurs. Une série de cauchemars avaient tiré Elvis Manuel de son sommeil : bondissant de son lit et courant en tous sens dans le couloir, il avait appelé à l'aide, suppliant quiconque d'éteindre le feu qui consumait son corps. Le personnel du quart de nuit chercha à le maîtriser, à lui parler pour le calmer, mais il n'entendait rien. À cet instant, il s'écroula au sol, terrassé par un infarctus. Afin de s'assurer que le cœur d'Elvis Manuel n'alla pas céder de nouveau sous le poids de la douleur, son médecin le plongea dans un coma artificiel.

Je n'enviais nullement sa situation; en comparaison, j'endurais également d'insupportables souffrances et l'idée d'alléger son supplice me traversa l'esprit. Comment pouvait-on laisser un homme subir autant de souffrance alors qu'un animal de compagnie recevait davantage de compassion et faisait l'objet de plus indulgence qu'un humain. La vie avait raison de son existence. Pourquoi la médecine s'acharnait-elle à entretenir sa souffrance? À tout égard, l'euthanasie ne consistait pas seulement à supprimer la vie; elle consistait d'abord et surtout à cesser de nourrir une vie lorsqu'il n'y avait plus d'existence.

— Mary, qu'arriverait-il, si, en programmant son distributeur, il recevait une surdose?

— Tu n'y penses pas! Je suis la seule à faire fonctionner cet appareil. Je ne veux pas être accusée de meurtre.

— Et, si on le reliait à mon distributeur pour lui injecter les doses qui me sont destinées?

— Je ne peux pas faire ça, tu le sais bien.

— Et, si moi je le faisais pendant que tu vas prévenir la direction de mon départ?

Cette fois, elle avait des étincelles dans les yeux. Nous étions enfin au diapason et finalement complices. Notre petit jeu prit une forme théâtrale. Sans se faire prier, Mary endossa de nouveau son personnage de Consuela, alors que moi, je revins à mon rôle de patient.

— Mary, tu peux augmenter ma dose? Il me semble qu'elle n'est pas suffisante pour enrayer ma douleur.

— Oui, je peux le faire.

Nous interprétions notre mise en scène en une chorégraphie gestuelle et verbale fort bien contrôlée. Pendant que je regagnais ma place dans le lit, Consuela bloqua la tubulure à l'aide d'une pince pour programmer par la suite sur le clavier une augmentation de la dose d'analgésique à injecter. Elle prit soin de m'expliquer de long en large la procédure pour accomplir dans les règles de l'art le délit auquel j'allais m'employer.

— Je vais préparer mon départ. *Por favor, Consuela. Puedes cerrar la cortina.*

— Je vais prévenir la direction que tu as décidé de nous quitter.

Avant de tourner les talons, Consuela tira le rideau, me confinant de ce fait dans mon espace, que je quittai aussitôt pour traverser du côté de l'enfer d'El Diablo, loin de l'indiscrétion des regards.

J'appliquerais mon plan rédempteur et, une fois la mission accomplie, je retournerais en un éclair prendre place dans mon lit au paradis. Je m'approchai d'Elvis et le regardai longuement avec bienveillance et empathie. Quand je sentis que le moment était venu de passer à l'acte, une chose surprenante se produisit. Le destin voulut que le pauvre diable trépasse par lui-même à cet instant précis. Un trait immobile séparait l'écran du moniteur cardiaque et je me tenais là, dépassé par ce qui venait de se passer. Une sonnerie alerta le poste central et une escadrille de blouses blanches apparut comme des anges venus libérer des griffes de la mort ce qui fut jadis une vie.

Je profitai de l'agitation pour quitter l'endroit en douce. Je retrouvai Mary, la pris à l'écart et lui fis mes adieux en l'étreignant comme un fils aimant. Je m'engageai dans la cage de l'escalier d'urgence et filai à l'anglaise comme un amant quitte sa maîtresse à l'arrivée du mari cocu.

Je ne me réjouissais guère en pensant au geste que j'avais failli poser sur Elvis Manuel, mais il me semblait, en toute bonne conscience, que la seule chose humaine à faire dans cette circonstance était d'alléger ce pauvre homme de ses affreuses souffrances.

Au-delà de l'excitation que je ressentais d'avoir pris la fuite, je me sentais à la fois peiné et fébrile.

10

LA CÉLÉBRITÉ

De l'autre côté, à l'extérieur, sévissait une canicule suffocante où le vent, asphyxié, peinait à souffler. De ce côté-ci de la fenêtre ouverte, à l'intérieur de la chambre, régnait une chaleur d'étuve où nulle brise n'osait s'aventurer.

Un ventilateur fixé au plafond battait l'air chaud qui venait frapper la cloison de ma forteresse de textile : en dépit de l'état de torpeur dans lequel je me trouvais, je restais dissimulé de la tête au pied sous mon drap pour me protéger des coups portés par le monde extérieur.

À travers les mailles fines de mon drap mince, je percevais la noirceur de la nuit maintenir la lumière du jour à distance. Je me mis à l'écart m'obstinant sans répit à élucider les circonstances qui me menèrent jusqu'ici.

Avant d'arriver dans ce havre de la résurrection, j'avais mené une vie saine à tous points de vue : une telle hygiène de vie me permettait d'exceller dans mon univers professionnel. Je faisais la fierté des médecins et l'orgueil des nutritionnistes; pourtant aucun scientifique de ce siècle n'a pu nommer le mal qui allait me mener à l'extinction.

Mon sort était-il causé par un amour-propre sans borne? Au cours de ma vie, je n'ai jamais été une personne altruiste : comme je ne sollicitais jamais l'aide de mon prochain, je m'attendais à ce qu'il agisse pareillement envers moi. Je ne pratiquais pas la charité. Je n'étais pas de ces personnes clamant jouir des largesses de la vie, car ce que j'accumulai, je l'avais obtenu en travaillant avec acharnement et je le méritais à juste titre. Or, pour me permettre d'échapper au trépas, le moment était-il venu de m'engager sur la voie de la rédemption en pratiquant la compassion, la bienveillance et l'indulgence à l'égard de mes semblables?

Je sondai mon esprit en quête d'un quelconque espoir et je m'efforçai de trouver quel pourrait être l'élan qui me permettrait de me remonter. Mon existence fuyait entre mes doigts, je m'ingéniais à me cramponner à un songe, une chimère ou un souvenir réconfortant que je pouvais retenir dans mes mains. Au seuil de la dernière chance, je confrontais la fatalité, bâillonnée par la solitude.

Je me remémorai les paroles d'El Diablo à propos de cette fille, Sciota, qui se trouvait aussi à l'institut et que je connaissais, semblait-il. Je sondai les méandres de ma mémoire à la recherche de ce visage, espérant découvrir un indice qui me rappellerait le parfum de sa peau ou encore une vision de la ligne profilée de son corps. Je repensais à cette publicité puis au casting : provenait-elle au monde arabe ? Tenait-elle ses origines de la civilisation européenne ?

Je repérai dans les replis de mon cerveau un carrousel de diapositives représentant des corps et des visages de filles susceptibles de plaire aux clients dont je projetais les images en pensée. Possiblement qu'il s'agissait d'une fausse blonde aux yeux marron, au corps pulpeux, aux fesses généreuses et rebondies. Pour retrouver un souvenir imagé, je fis exploser des flashs dans ma tête, espérant que ressorte de l'obscurité de ma mémoire les traits qui dessinaient le visage de Sciota. Malheureusement, rien n'y fit et toute tentative demeura vaine.

L'idée me vint de fouiller les photos stockées sur mon ordinateur, mais rapidement, j'interrompis mes recherches : les filles que j'imaginais dans mon esprit supplantaient en splendeur celles de mes clichés. Ces beautés me faisaient un tel effet qu'irrémédiablement, je sentais ma verge se durcir. Glissant avec langueur contre ma cuisse, elle se hissait, vigoureuse, fière et triomphale. Remettant à plus tard ma prospection, je décidais sans tarder de mettre la main à l'ouvrage. Puisque le travail incarnait la santé, je n'allais surtout pas chômer pour y accéder.

Grâce à l'exercice masturbatoire auquel je m'étais adonné la veille, je n'eus aucun mal à trouver le sommeil, même si l'anxiété m'avait harassé une partie de la nuit précédente. À mon réveil, je me sentais en si bon état que mon appétit était revenu. Puisque je me trouvais dans le Sud du pays, sous le soleil, je revêtis un ensemble vacancier constitué d'un polo, d'un bermuda et d'espadrilles monochromes avant de foncer à la cantine pour engloutir un petit déjeuner.

Je croyais que le fait d'avoir signé le registre de la réception du *Hippocrate Institute* à une heure tardive la veille m'éviterait la visite guidée du lieu — le commis s'était contenté de me remettre simplement la clé de la chambre —, seulement, à peine venais-je d'arriver à la cantine de la salle à manger, que le majordome se précipita sur moi et insista pour officialiser mon séjour par une visite guidée de l'institut, ponctué d'interminables rencontres avec les directeurs, thérapeutes, nutritionnistes, kinésiologistes, enfin tout le personnel soignant indispensable pour remettre quiconque d'aplomb. Je rencontrai un à un ces spécialistes qui proposaient chacun séances, activités, programmes et horaires auxquels j'étais tenu de me soumettre lors de mon séjour.

La tournée de l'institut maintenant terminée, je repris derechef le chemin vers la cantine, le ventre affamé. À mon arrivée, l'on m'annonça que la période du petit déjeuner avait pris fin : il n'en restait dans l'air que l'odeur résiduelle pour me satisfaire. Je demandai à un employé s'il ne subsistait pas quelque part le fragment d'un fruit, un croûton, une miette, un nutriment quelconque pour soutenir ma faim jusqu'au dîner. Nenni. Je devais passer sous la table et attendre le repas du midi.

Je ne me laissai pas démonter par ce manque flagrant de souplesse. J'étais furieux, mais pas vaincu. Ma déception me mena à la réception de l'institut, non pas pour porter plainte, mais plutôt pour commander à un restaurant un repas à livrer à ma chambre. Le réceptionniste s'empressa de m'informer que l'établissement interdisait l'introduction d'aliments en provenance de l'extérieur. Un sentiment de regret me traversa l'esprit. Quittai-je une prison pour entrer dans un pénitencier?

Le tonnerre grondait et le bruit ne provenait ni de mon estomac ni de mon humeur, mais bien de cet orage qui venait de commencer; déjà, les gouttes de pluie martelaient le toit de métal au-dessus de nos têtes. « Voilà, c'est reparti », soupira le réceptionniste. « Quoi donc? », demandai-je? « Les ouragans », indiqua-t-il. « Saleté de pluie », râlai-je, avant de quitter la réception pour ma chambre.

Il pleuvait des cordes et la plupart des résidents profitaient de l'ondée pour vaquer à diverses activités intérieures. Quelques-uns s'enfermaient dans leur chambre pour échapper à l'humidité poisseuse et à la lassitude. Certains partaient se réfugier à la ville; les uns au *Shopping Center* climatisé et les autres dans les marchés aux puces encombrés. Je décidai de faire un retour à la salle à manger désertée avec mon ordinateur portable afin de clarifier le mystère entourant cette fille prénommée Sciota.

Une fois l'appareil en fonction, je consultai mes fichiers afin de retrouver une photo de ce mannequin dont je ne gardais aucun souvenir. Je scrutai minutieusement le contenu du disque dur de mon ordinateur, mais ma recherche mena à une impasse. L'image pouvait aussi se trouver sur mon serveur informatique. J'y accédai à distance grâce par le réseau WiFi que l'institut fournissait à sa clientèle.

Je me sentis tout à coup interpellé lorsqu'un raclement de gorge se fit entendre dans mon dos. Je me retournai vers la cantine et aperçus un petit homme trapu caché derrière une porte entrouverte, qui me faisait des signes de la main, m'invitant à m'approcher. J'abandonnai sur la table mon ordinateur connecté à mon serveur pour aller le rejoindre. Il me tendit comme une offrande un plateau sur lequel se trouvait une banane, un yaourt et un sachet de craquelins salés. J'acceptai en le remerciant. Il me regarda béatement avec ses yeux noirs, sans mot dire. Ce petit homme à l'allure maya disparut dans les cuisines en refermant la porte sur lui. Son attitude étrange me fit sourire.

Je retournai à la salle à manger avec mon plateau quand, interdit, je repérai, assise à ma table, une personne avec une longue tignasse noire qui lui descendait en cascade sur le dos. Angoissé de la voir penchée sur mon ordinateur, j'accourus, aussitôt, pour me jeter sur elle. « Hey! Qu'est-ce que tu fiches là? », vociférai-je. Le ton de ma voix sembla bien l'ébranler, car elle sursauta, se leva d'un bond et quitta la salle à manger en courant.

Je me rendis compte qu'il s'agissait d'une jeune femme qu'au moment de sa dérobade et il me fut impossible de bien voir son visage; je remarquai simplement qu'elle était longiligne. Ses vêtements aux couleurs hétéroclites retinrent aussi mon attention : elle portait une blouse jaune-canari et chaussait des escarpins vert absinthe. Je repérais aisément, au-dessus de son survêtement de sport marin, un slip de dentelle rouge-écarlate qui laissa entrevoir la torsion de sa croupe.

Déçu d'avoir réagi de façon aussi intempestive, je perdis l'appétit : j'abandonnai donc mon plateau sur la table. J'allai vérifier l'étendue des ravages que cette mystérieuse personne avait pu causer dans mon ordinateur. Même si elle n'avait pénétré subrepticement dans les archives photographiques de mon serveur à distance que quelques minutes tout au plus avant de se volatiliser, je vis immédiatement les traces de son passage. Je ne pouvais pas croire ce que je voyais : un portfolio avait été choisi et on avait ouvert tous les portraits d'une seule et même fille, présentée sous différents angles. Sa beauté époustouflante irradiait l'écran de mon ordinateur. J'étais consterné. Je venais de pousser vers la fuite cette fille dont je m'efforçais de repérer la trace depuis mon arrivée.

Au temps où je pratiquai intensivement la photo de mode, il s'offrit à moi plusieurs occasions de séduire de jeunes mannequins en vue de les baiser. Qu'elles soient timides, saintes nitouches, volontaires curieuses ou encore nymphomanes ambitieuses, elles partageaient toutes un aspect caractéristique qui me rebutait : leur extrême maigreur. Le retour du style « *Twiggy* » Lawson engendra une génération de Kate Moss qui ne correspondit jamais avec ma conception de la beauté féminine. Le corps décharné de ce type de mannequin ne m'inspirait aucun désir, pas même le plus obscène.

Mais, par-dessus tout, ce qui faisait obstacle à leur charme était incontestablement leur dépendance à la nicotine, qui les imprégnait du parfum âcre de tabac consumé, dont l'odeur assassinait lâchement ma libido.

Ces spectres vêtus de chairs diaphanes étaient heureusement remodelés par les mains expertes d'un bataillon de véritables femmes travaillant dans l'ombre, qui, elles, m'assuraient par bonheur l'opportunité d'alimenter de véritables fantasmes.

J'étais nostalgique de cette époque révolue, le temps où les critères esthétiques des top-modèles reposaient sur la personnalité, la splendeur, la distinction et la séduction. Je me revoyais, éphèbe, feuilletant des magazines présentant de magnifiques mannequins aux formes vénusiennes, comme cette brunette américaine Cindy Crawford avec sa mouche à la fossette, l'élégante Australienne Elle Macpherson, dont le corps parfait sembla taillé dans le marbre et cette sublime Allemande blonde aux yeux bleus, Claudia Schiffer. Ces icônes étaient considérées les plus belles femmes au monde.

Des images me revenaient en tête. Je me souvenais maintenant de cette gamine claustrée dans un corps de femme beaucoup trop grand pour elle. En ce temps-là, elle n'avait pas spécifiquement retenu mon attention. Non pas qu'elle ne fut pas superbe, ni en raison de son jeune âge, mais parce qu'elle paraissait bien mal dans sa peau.

Sciota avait brillamment exécuté son stratagème : elle avait guetté le moment propice pour détourner mon attention et s'était démenée pour gentiment orchestrer, à mon insu, la mise en scène du plateau. Mon comportement rustre et égocentrique avait brusquement mis fin à la magie qu'elle avait déployée pour se présenter à moi. Je rageais contre moi-même. Elle me témoignait une délicatesse inattendue dont je ne pouvais ignorer la magnanimité. Le moral ébranlé, je compris que j'avais manqué l'ancrage auquel je souhaitai accoster ma foi.

La faim n'ayant cessé sa domination sur mon estomac, je quittai ma retraite pour le repas du soir en reprenant mon chemin en direction de la cantine. Plus j'approchais et plus le bourdonnement d'une foule en liesse s'intensifiait. À mon arrivée, je découvris un tout autre endroit : une salle à manger pleine à craquer, occupée par les résidents de l'institut, où régnait une ambiance festive.

La dernière fois où je m'étais trouvé dans une salle, entourés d'individus de tout acabit, tous affichaient une attitude morne et blafarde au bord du désespoir dans l'attente qu'on les informe du sort que leur réservait l'avenir. Ici, la situation était tout autre. Je n'étais plus seul, mais pas le seul à ne plus être seul. Les autres autour de moi n'étaient pas seuls : certains étaient accompagnés ou en couple. Ils se présentaient, toutes origines confondues, aussi bien des femmes que des hommes, rassemblés autour d'un repas. Me dirigeant vers le buffet, je m'étonnai de constater au passage qu'il y avait tout autant de jeunes gens que de personnes âgées, alors que le contraire m'eut paru plus normal.

Tenant mon assiette remplie à ras bord de nourriture, je marchais lentement dans la cantine, à la recherche d'une place. Apercevant un siège libre à une table, je demandai au groupe qui s'y trouvait si je pouvais me joindre à eux : on m'accueillit avec gentillesse. Nous étions assis côte à côte autour de grandes tables à dîner circulaires comme s'il s'agissait d'une conférence où l'on pouvait voir la mine de tout un chacun : cela avait comme avantage de permettre aux regards de se croiser et ainsi, aux contacts de se créer. Nous n'avions pas besoin de deviner ce qui trottait dans la tête du voisin d'en face ou celui d'à côté, car les discussions passionnées animaient leur visage rempli de confiance. La disposition du mobilier était intentionnelle : elle servait à ce que chacun puisse regarder l'autre dans les yeux, comme le miroir de son propre désir de se rétablir.

Nous prenions notre repas dans l'allégresse et le temps paraissait suspendu. Nous avions tous en commun un petit quelque chose qui n'avait pas besoin d'être tenu sous silence. Nous étions engagés sur le même sentier du destin et voulions nous voir arriver à destination sains et saufs. Rien ne pouvait perturber l'atmosphère survoltée, pas même ces éclairs qui dessinaient des arcs lumineux dans le ciel assombri par l'orage.

Règle générale, lorsque ces gens se retrouvaient dans la salle à dîner, quelques-uns profitaient de ce moment pour jouer les amuseurs publics. Les individus assis à mes côtés n'avaient pas la moindre retenue. De certains émanaient sans gêne une multitude d'effets sonores organiques. Une sorte de loi tacite permettait de faire toute forme de tapage (rires gras et rots caverneux, notamment) lors du repas, et ce, à travers le brouhaha des conversations. Il nous arrivait même de subir les pets sonores et puants des lurons de la table d'à côté. Trop exaltés pour la plupart, ils étaient incapables de rester le cul en place sur leur chaise.

Personne ne restait prostré et encore moins n'affichait son vague à l'âme. Tous ces individus s'évertuaient à se différencier les uns des autres par des mimiques expressives ou des pitreries distrayantes. J'aperçus là un vieillard qui portait une robe, là-bas, une femme obèse en tutu. Certains revêtaient une tenue de soirée ou s'habillaient de vêtements follement excentriques pour se distinguer de la foule déjà présente. Les repas à la salle à manger étaient le moment idéal pour attirer l'attention. Chacun y allait de ses extravagances et les regards suivaient les plus farfelus se mouvoir dans la salle.

Ce repas était festif et je me promis de ne rater aucun de ces banquets pleins de couleur et d'énergie. L'idée de ces rencontres me rendait heureux et ce bonheur était accentué quand je trouvais dans le regard d'une jeune femme assise à une autre table, le plaisir de revoir celles que je connus autrefois. Elle coiffa sa chevelure noire en queue de cheval garnie d'une frange effilée qui tombait sur son front. La pâleur son visage rendait ses grands yeux verts luminescents comme des pierres précieuses.

Elle semblait ne pas éprouver de rancœur par rapport aux événements récents, car elle affichait un sourire égayé. Elle allongea un long bras au-dessus de la mêlée et me salua avec entrain. Me sentant soudain vulnérable, je me gardai de lui renvoyer la main. Embarrassée par mon attitude désintéressée, Sciota plongea son regard dans son couvert pour cacher ses joues empourprées que trahissait particulièrement son visage blême.

Je m'apprêtais à ranger le plateau de cuisine sur le chariot à vaisselle souillée quand l'idée me vint de me cacher dans un coin pour l'observer secrètement. Dans l'anonymat, j'observai la grâce de ses gestes dans les moindres détails. J'admirai le raffinement de sa contenance.

Elle releva la tête en direction de la place que j'occupais précédemment, sans parvenir à me repérer. Soustrait à son regard, je pus voir son visage se durcir et son sourire s'évanouir. Agacée par ma subite disparition, Sciota hocha la tête avec un haussement d'épaules pour signifier une sorte de mépris. Résignée, elle continua à grignoter son repas tout en consultant son *smartphone* en dépit du débat animé qui avait cours entre les convives autour de sa table.

Elle avala une dernière bouchée, se leva et salua tour à tour les commensaux avant de quitter la table et d'emporter son plateau. Sciota marcha en ma direction. Craignant de me faire surprendre à l'épier, je feignis replacer mon plateau sur le chariot à vaisselle, et dès qu'elle fut suffisamment près, je surgis de ma cachette. Sciota fut frappé d'étonnement. Tandis que j'essayai d'afficher une certaine désinvolture, elle s'efforça de rester courtoise.

Je me tenais en face d'elle, immobile, à estimer lesquels de ses traits avaient changé. Le temps ayant laissé son empreinte, l'ingénue était devenue une jeune femme éveillée. Elle me dépassait d'une tête avec son mètre quatre-vingt-trois et je retrouvai ce délicieux grain de beauté sur la joue gauche qui lui conférait une sensualité accrue. J'étais hypnotisé par la vertu qu'évoquait son visage; elle avait maintenant plus de maturité que sur les photos de mon ordinateur. Je ne pouvais détacher mon regard de son gracieux sourire qui dévoilait une dentition alignée et blanche. Elle possédait une bouche parfaite. La volupté de ses lèvres me donnait l'eau à la bouche tant je salivais d'envie d'en savourer délicieusement la chair tendre et rebondie.

D'ordinaire, je parvenais à aborder les femmes sans encombre. Cette fois, pris au dépourvu, je n'arrivais pas à trouver les mots justes pour entamer le dialogue. Je me sentais totalement désarmé en présence de cette jeune femme; elle produisait sur moi un effet qui me déstabilisait tant sa magnificence était incomparable et irrésistible.

J'espérais faire bonne impression : pour établir le contact, je fouillai les tréfonds de mon esprit en quête d'une formule convenable. Nul doute qu'effleurer le sujet de la santé n'avait rien de séducteur, car cet endroit à l'allure de sanatorium dans lequel nous logions ne s'apparentait nullement à une destination vacance. L'idée de blaguer à propos de l'intrusion qu'elle fit sur mon ordinateur paraissait inappropriée puisqu'elle-même ne semblait pas vouloir évoquer l'évènement. J'envisageai un dithyrambe sur sa beauté, mais c'eut été un pléonasme de mettre des mots sur ce qui crevait déjà les yeux. Les choix s'offrant à moi en matière de discussion demeuraient restreints, et l'écart de quinze années qui nous séparait n'aidait en rien, puisque le seul point en commun que nous partagions réellement se résumait au mannequinat et à la photographie de mode.

S'engager dans une conversation en évoquant le passé nous obligeait à parler du contexte de notre première rencontre, et donc de nos professions respectives. Or, je n'étais plus photographe. Certes, j'avais consacré mon existence à la photographie, mais j'avais depuis été forcé de mettre fin à mes activités professionnelles, ce qui représentait un fondement important de mon identité. Dès l'instant où Sciota m'avait envoyé de la main, j'eus un pressentiment : je venais de prendre conscience que mon existence professionnelle n'existait plus, que je n'étais dorénavant plus qu'une enveloppe corporelle. Cela ne me servait plus à rien.

Dépouillé de tout sentiment de fierté, j'étais incapable de retrouver la confiance et l'assurance qui me caractérisaient. En perdant mon identité de photographe, je suis devenu un organisme à maintenir en vie, purement et simplement. Comment un homme pouvait-il se définir s'il était dépourvu de profession? Comment un homme pouvait-il se présenter à une femme s'il n'était plus que l'ombre de lui-même sans n'avoir à offrir qu'un corps alangui et meurtri. J'incarnais à présent un individu vide sans autre ambition que d'espérer, soumis à un destin incertain, ne sachant que dire ou que faire pour se rendre intéressant.

— Tu   es   Sciota   Chazy.   Moi,   je   suis...
— Toi, t'es le plus grand photographe du siècle.

La nature des activités entourant mon travail de photographe m'avait permis de me déplacer aux quatre coins de la planète. Ma réussite s'avérait si remarquable que j'en délaissais la photo de mode pour n'accepter qu'un contrat d'exception de temps à autre dont je tirais une rémunération faramineuse.

J'axai irrémédiablement ma trajectoire professionnelle vers la photo documentaire et le portrait en photographiant des individus célèbres et les sommités de ce monde, dont je livrais les épreuves aux magazines *Time Magazine* et *Nouvel Observateur*. Mes connaissances en matière politique et culturelle m'avaient permis de développer des facultés intuitives pour déterminer de façon anticipée l'image qui allait devenir l'évènement. Comme il était hors de question de me limiter à suivre l'air du temps, je remettais à la page des figures emblématiques qui étaient tombées dans l'oubli ou d'autres icônes qui n'avaient pas d'images symboliques pour illustrer leur grandeur. Triées soigneusement parmi les gothas de la scène mondiale, la plupart de mes réalisations furent grandement saluées.

L'on me congratula à plusieurs reprises cumulant des prix en bourses, en médailles d'honneur et en reconnaissance internationale comme meilleur photographe du vingt et unième siècle. J'eus le privilège de sillonner un parcours exaltant dont je pouvais sans réserve me glorifier. Malgré les invitations lancées par les musées, je refusai d'emmurer mon œuvre dans une salle d'exposition posthume. En pleine ascension vers mes sommets professionnels, j'étais bien loin du déclin.

Je considère posséder une assez haute estime de moi-même comme photographe, mais jamais ne tombai-je publiquement dans la fatuité pompeuse lorsqu'il est question de mon travail. C'est en mode laudatif que Sciota entreprit de faire la conversation, avec une nomenclature nimbée des hauts faits de ma carrière, dont elle connaissait les détails professionnels mieux que quiconque.

Embarrassé par ses flatteries presque obséquieuses, je détournai la discussion, en m'empressant de lui demander ce qu'il était advenu de sa carrière de mannequin. Le sourire qui se dessina à ses commissures se passait d'explication. Ses pieds n'avaient plus foulé les passerelles des grands défilés, pas plus que son épiderme n'avait reflété l'éclat des flashes au profit d'une lentille depuis quelques années. Elle avait eu son aube et connu son crépuscule. La tyrannie de l'image était généralement sans pitié : avançant en âge, son corps gracile perdit sa dégaine jouvencelle et elle fut mise à l'écart. Les professionnels de la mode, en perpétuelle quête de nouveaux visages, persistent à dénicher leurs égéries auprès d'une classe de filles toujours plus jeunes allant jusqu'à les recruter impubères.

Plutôt que m'offrir une réponse convenable à ma question, elle se contenta de jeter un œil à l'écran de son *smartphone* mettant fin promptement à notre échange sous prétexte d'un horaire surchargé. Elle s'engagea à remettre notre entretien à un autre moment avant de se pencher sur moi pour m'embrasser candidement sur la joue et de s'éclipser.

La traversée nocturne pour accéder aux dimensions éparses du sommeil fut entravée par des douleurs qui vinrent me hanter. Mon corps fut pris tout entier d'élancements, de picotements et d'atroces crampes abdominales tous plus étourdissants. Toute la nuit, je luttai contre ce martyre et je n'accédai au repos du guerrier qu'aux aurores, engourdi par la souffrance. Je ne me présentai pas au petit déjeuner communal, pas plus qu'à mon rendez-vous avec le psychologue.

On cogna à ma porte et fit irruption dans ma chambre, ce qui me réveilla sur-le-champ. Un homme était envoyé pour s'enquérir de mon état. À mi-chemin entre la porte et le lit, je l'entendis s'éclaircir la voix avant de me questionner sur ma condition. Indolent, je ronchonnai, sans ménagement : « Non, ça ne va pas du tout! Sinon je serais chez moi à me la couler douce. » Il insista pour faire appel au médecin de l'institut. Je voulais être seul, et par-dessus tout, échapper à la présence d'un médecin volubile. Je m'excusai de mon humeur irritable, le remerciai de sa compassion, mais rejetai néanmoins sa proposition. Il prit congé dans le silence en refermant la porte derrière lui.

Je pus à mon aise émerger de mon état léthargique et accéder à un semblant de rétablissement. Je parvins tant bien que mal à extraire ma carcasse du lit pour la trimbaler jusqu'à la salle de bain, imaginant retrouver sous une douche bienfaisante un peu de vigueur comme auparavant, mais l'effet recherché ne fut pas au rendez-vous.

Revêtant l'ensemble monochrome porté la veille, je quittai ma chambre, *smartphone* à la main. J'étais éreinté par cette mauvaise nuit de sommeil et je voulus aller clarifier mes idées ailleurs. J'empruntai une direction autre que celle qui menait à la salle à manger. Perclus de douleurs, je dus longer les murs en prenant appui sur les cloisons pour ne pas m'écrouler. J'espérais par-dessus tout passer inaperçu. Je n'avais ni la force ni le courage de croiser un regard et je supportais mal l'idée de devoir faire des politesses aux visages rencontrés la veille.

Je trouvai refuge à la bibliothèque, loin de tous les regards. Je crus un certain temps y être seul, mais par une incroyable coïncidence, Sciota s'y trouvait également, tout au fond de la salle, assise devant l'écran de son ordinateur portable. Vivement absorbée, elle ne semblait pas avoir remarqué mon arrivée.

Comme je ne souhaitais la compagnie de quiconque, je pris soin de m'asseoir discrètement en retrait. J'appuyai sur une touche mémoire de mon *smartphone*, qui signala le numéro de mon avocat. La ligne étant occupée, je fus instantanément redirigé vers son répondeur. Au signal sonore, je laissai un message l'avisant de ma situation nouvelle à Miami et lui demandant d'acheminer les documents concernant mon testament au *Hippocrate Institute*, où je logeais dorénavant.

Je me connectai ensuite au WiFi et me rendis au portail du *New York Time* pour prendre le pouls de l'état du monde. Un peu partout sur la planète, les tensions atteignaient leurs paroxysmes, et certains pays n'avaient pas bien meilleure mine que moi-même. Ces situations de crise m'ennuyaient.

J'allais éteindre mon appareil lorsque le symbole de l'enveloppe se mit à clignoter dans le coin supérieur de mon écran. Je venais de recevoir un courriel de Sciota m'indiquant le triste décès d'Elvis Manuel. Je conclus qu'elle avait mémorisé mon adresse courriel en infiltrant mon ordinateur. Finalement, je décidai de manifester ma présence en répondant à son courriel.

Je venais à peine d'appuyer sur le bouton d'envoi qu'une alerte sonore annonçant la réception d'un courriel parvînt d'un ordinateur à l'extrémité de la pièce. Sciota, stupéfiée, releva la tête et chercha à me localiser. Au moment où ses yeux rencontrèrent les miens, son visage tout entier s'illumina. Elle fit le signe universel de l'index dressé et je compris qu'elle serait disponible dans une minute. Elle replongea la tête derrière l'écran.

J'opinai du bonnet, un rictus bien accroché sur mon visage flétri. Son regard suggestif fit disparaître comme par magie cette souffrance qui assaillait et désagrégeait mes entrailles. Ma vie d'avant paraissait reprendre ses droits. Malgré ma santé affadie, je percevais un geyser de vitalité monter en moi.

Sur le couvercle relevé de son ordinateur, on apercevait le symbole lumineux d'une pomme croquée : cela me rappela la Genèse et je nous imaginai enlacés, commettant le péché originel. J'avais envie d'elle sur-le-champ; je l'aurais prise là, directement sur la table. À l'idée d'accéder à son bas-ventre, mon esprit s'emplit de pensées concupiscentes et de visions lubriques.

Je convoitais la vallée qui traversait les plateaux rebondis de son entrecuisse. Je m'imaginais alpiniste, en pleine ascension de son Mont-de-Vénus où, après une randonnée exigeante, je pouvais enfin me désaltérer à sa fontaine de cyprine. Je trépignais de désir à l'idée d'embrasser les lèvres charnues de sa tendre bouche vulvaire, façon french-kiss en torsadant ma langue insatiable autour de son clitoris en turgescence.

Mon fantasme prit abruptement fin au moment où je constatai que Sciota était assise à mes côtés. Furtivement, elle s'était faufilée jusqu'à moi, féline, sans émettre le moindre de bruit. Sa surprenante apparition me troubla, et je crois qu'elle remarqua l'apparente érection qui forçait la braguette de mon bermuda.

— Tu ne m'as pas dit qu'Elvis était décédé.

— Tu ne m'as pas dit qu'il t'avait prévenu de mon arrivée.

Puisque nous étions à la bibliothèque, quelques personnes se raclèrent la gorge pour nous faire comprendre qu'il s'agissait d'un lieu de tranquillité. Au grand dam de la bibliothécaire, nous poursuivîmes notre tête-à-tête comme des adolescents désinvoltes, jusqu'au moment où les raclements de gorge se transformèrent en une onomatopée plus catégorique : *Chut!*

Capitulant devant la dictature du silence, nous déplaçâmes notre complicité à l'extérieur de murs de cette institution du savoir pour aller nous blottir dans un hamac géant repéré dans un coin du jardin. Prétendant être un couple amoureux qui échangeait un moment de tendresse, nous nous prélassions sous le feuillage rafraîchissant d'un banian, protégés du soleil de plomb qui pesait lourdement sur la péninsule floridienne.

Ce rapprochement intime s'effectua naturellement, j'étais en quête de réconfort et Sciota, possiblement d'affection. Je pris sa main gauche dans ma droite et nous entrecroisâmes nos doigts. Nos corps ardents collés l'un contre l'autre ruisselaient de sueur. Une brise légère effleura la surface de nos chairs et hérissa le duvet sombre de l'avant-bras de Sciota.

La raison pour laquelle je m'amourachais de Sciota crevait les yeux. Contraint d'effectuer le parcours seul vers l'autre monde, je cherchais désespérément à me soustraire du voyage en épouvantant la mort avec la jouvence de sa noble beauté. Cette béatitude exquise m'offrait suffisamment de répit pour renouer avec le sommeil.

***

Sciota me ranima par un baiser mouillé dont la vivifiante saveur se rapprochait de la pomme verte. Elle rapportait du repas du midi une collation pour colmater mon estomac laissé vide depuis la veille.

— J'apprécie, mais je n'ai pas d'appétit.

— Tu dois manger pour prendre des forces.

— Je ne crois pas être en mesure d'avaler quoi que se soit.

— Pour vivre, il faut de l'amour, mais aussi de l'eau fraîche. Bois avant que le soleil achève de te déshydrater.

Je cédais à sa demande en enfilant d'un trait le verre d'eau parfumé de zeste d'agrumes dans lequel flottaient quelques glaçons. Puisque je bus toute l'eau, je pouvais continuer à vivre et lui faire l'amour. Je rendis le verre à Sciota en faisant tinter les glaçons et lui demandai combien de temps j'avais dormi.

— Trois longues heures. J'ai eu le temps de travailler un texte, d'assister à une session de yoga et d'aller déjeuner.

— Tu écris ta biographie?

Elle pouffa d'un rire timide. Elle m'indiqua que compte tenu des exigences de sa vie professionnelle, elle ne disposait pas d'assez de temps pour faire du vague à l'âme. Je lui tendis la main, l'invitant à reprendre place dans le hamac, près de moi. Sans se faire prier, Sciota allongea son long corps près du mien, et, plutôt que de saisir ma main à nouveau, elle déboutonna les trois boutons qui fermaient le col de mon polo et posa la tête de manière câline sur mon torse pour ensuite glisser une main sous mon chandail. J'avais le pressentiment qu'elle allait ronronner.

— Alors, tu fais quoi? T'es romancière?

— Pas tout à fait.

En un éclair, son exquise quiétude se métamorphosa en humeur enjouée : elle se redressa pour prendre une posture assise, les jambes croisées. Je la sentis trépigner d'impatience à l'idée de me déballer sa vie. Je souhaitais être épargné de ce supplice, mais ne pouvais faire obstacle à son enthousiasme, n'en ayant tout simplement pas l'énergie. J'avais besoin de réponses courtes pour une vie qui s'écourtait. Je n'étais plus celui que j'avais été. Seuls le calme et la sérénité comptaient pour moi en ce moment. L'espoir n'est pas toujours porteur de récompense.

Sciota se lançait dans une harangue détaillée de son récit personnel. « *Il était une fois l'histoire d'une famille qui habitait au milieu de la forêt dans un château au Vermont. Dans ce palais vivait une maman, reine du foyer; un papa, heureux comme un roi; une sœur, petite princesse qui n'écoutait personne, et Sciota, sublime sérénissime* ». Dans mon esprit, je jouais le bouffon : j'avais maintes fois entendu ces histoires de jeunes filles issues de milieux modestes recrutés par des agences et cette rengaine n'accentuait nullement mon désir de lui prêter une oreille attentive. Je décidai de profiter de mon état de grabataire pour fermer les yeux et laisser Sciota poursuivre sa chronique pendant que je plongeais dans un état semi-comateux. « J'avais quatorze ans quand on m'a approché et tu sais qui était le dépisteur? Nul autre qu'Elvis Manuel! », gloussa-t-elle fièrement.

Lors d'un déplacement à New York, Sciota accompagna sa mère et sa jeune sœur sourde afin de rencontrer le meilleur orthophoniste de la côte est. Au beau milieu de cette consultation, elle quitta son siège de la salle d'attente pour aller dégourdir ses longues jambes, mais surtout pour faire du lèche-vitrine au rez-de-chaussée de l'édifice qui abritait la clinique. Alors qu'elle observait les robes à travers la vitrine d'une boutique, elle remarqua le reflet d'un homme qui s'approchait. Elvis Manuel, qui, à l'occasion recrutait d'aspirants mannequins, l'aborda sans détour et lui promit une carrière internationale si elle acceptait la carte professionnelle qui lui tendait. Effrayée par la proximité de l'inconnu, elle prit la carte et la fourra dans sa poche avant de s'engouffrer dans l'ascenseur de l'édifice pour rejoindre sa mère et sa sœur.

Elle considéra la proposition plus d'une année avant de prendre une décision. Elle confia à sa mère qu'elle souhaitait tenter l'expérience, que cette opportunité professionnelle était inespérée et qu'elle devait la saisir, car elle s'ouvrait possiblement sur un avenir rempli de promesse. Sa mère mena sa propre enquête sur Elvis Manuel: à la suite de recherches approfondies, elle constata qu'il n'était ni malhonnête ni proxénète.

Sciota fit son entrée dans le métier en participant à la création du catalogue de vêtements du détaillant *Sears*, enchaînant progressivement les contrats nationaux puis internationaux, posant pour les magazines, défilant pour des couturiers et apparaissant dans des publicités, dont l'une, où elle fit ma rencontre sur un plateau de tournage. Son revenu annuel dépassa vite celui de son père: à ce rythme, elle souhaita vite abandonner l'école, mais ses parents la ramenèrent à la réalité et l'encouragèrent avec insistance à poursuivre ses études. Partageant son temps entre les études et sa carrière de mannequin, elle obtint finalement son diplôme du *High School*.

Le temps s'écoula et les opportunités de contrats dans le secteur de la mode se raréfièrent. Dans ces fâcheuses circonstances, elle fut forcée de réfléchir à son avenir professionnel. Elle ne s'imaginait guère occuper le rôle de ménagère et encore moins d'employée salariée à la petite semaine. Elle comprit que même si la vie n'avait pas de prix, l'existence, quant à elle, valait son pesant d'or. Elle jugeait que tant qu'à être en vie, il valait aussi bien se sortir de la masse pour démontrer que l'on existait véritablement, et refuser d'être habité jusqu'à la fin de sa vie par le sentiment d'être passé inaperçu sans jamais essayer de laisser de trace.

À cette étape de son récit, je n'en pouvais plus. J'étais beaucoup trop indisposé pour écouter une seconde de plus de cette interminable litanie. Sciota faisait fi de ma lamentable condition, moi qui n'avais cherché qu'à connaître son métier. Incapable de réfréner mon impatience, je poussais un soupir de lassitude et posai la question sans détour. Je me permis cette inconduite, car je jugeais que son discours dégageait une vanité puérile. Mon empressement un tantinet agressif l'ayant frappée de plein fouet, je sentis ses muscles se crisper. Elle répliqua d'un ton agacé qu'elle était journaliste culturelle à Los Angeles pour la plus importante station de télévision du pays.

L'information pour laquelle je m'étais impatienté m'était enfin livrée. Voilà donc à quoi Sciota carburait pour alimenter son existence : la célébrité. Habituée au prestige qu'offraient le faste et l'apparat du mannequinat, elle réussit à poursuivre sa vie mondaine sur la scène des célébrités. Elle mit à contribution son statut de covergirl pour atteindre un niveau où elle n'avait jamais autant resplendi jusqu'à ce jour. J'admirais sa force, son caractère, sa détermination. Aller là où le pouvoir actif supplante l'impuissance passive.

— Journaliste à L. A., tu dis? Mais nous sommes à Miami.

— Je suis ici pour me reposer avant le début du tournage.

— T'es aussi actrice?

— La télévision nationale britannique me propose de tenir l'affiche d'une téléréalité qui détaille ma carrière de journaliste et la manière dont je gère ma publicité.

— Te voilà donc célèbre, maintenant.

— Tu pourrais faire un portrait de moi.

— Je fais des portraits de personnalités notoires, pas de célébrités.

Mais pourquoi ne fermai-je pas ma gueule? Je n'avais qu'à me plier à sa volonté et c'était dans le sac, or, au lieu de cela, je m'accrochais à mes principes puristes pour ne pas entacher ma réputation. Après tout, en quoi cela pouvait-il changer ma carrière? De toute évidence, j'étais sur le point de crever. Et même si je n'avais pas mon appareil avec moi, rien ne m'interdisait d'utiliser la caméra de son *smartphone*. En refusant de satisfaire sa requête, je me privais de ce qui était le plus précieux pour moi : un accès privilégié à la chair tendre de son sexe euphorisant. Mais non, au lieu de cela, une fois de plus, je créais un malaise.

Sciota se renfrogna et se laissa glisser nonchalamment en bas du hamac. Bourrelé de remords, je la suivis sans perdre un instant. Pour effacer l'ineptie de mes propos, je m'humiliai en me haussant sur la pointe des pieds pour tenter de l'embrasser. Ma tentative échoua lamentablement et je parvins qu'à me rendre ridicule, car elle était plus grande que moi. Je fus incapable de rejoindre sa bouche ce qui lui permit de m'éconduire poliment en me tenant à distance. Désarçonnée par ce qu'elle avait jugé être une attitude désagréable, elle repoussa mes avances, m'indiquant qu'elle avait un rendez-vous important. Puis elle m'abandonna sur place.

Sciota semblait ne pas comprendre la valeur de mon travail de documentariste. J'avais quitté le métier futile de la photographie de mode pour me pencher sur des sujets d'une profondeur tout autre que ce que la célébrité avait à offrir.

Le vent se leva et des nuages vinrent noircir l'atmosphère azur, présageant un chagrin orageux. Affalé sur mon lit, les yeux grands ouverts, le regard porté vers un ciel chimérique limité par le plafond opaque de la chambre, je songeai aux évènements de l'après-midi en écoutant le fracas assourdissant des larmes d'Éther s'abattre sur la toiture métallique.

À travers l'odeur rance de ma transpiration, une fragrance parfumée chatouillait mes narines : ces suaves effluves que je fleurais étaient ceux de Sciota. Je ramenai mon bras sous le nez pour humer son arôme. L'impulsion du moment me poussa à lécher mon épiderme : je goutais à son essence mêlée à ma sueur et découvris une saveur aigre-douce de prune sucrée et de fluide corporel salé. Le parfum se dissipa rapidement et je ne pus me rassasier. J'étais excité, je voulais me soulager, mais je n'arrivais pas à bander. Trop épuisé pour poursuivre, je préférais me laisser glisser dans une petite sieste avant de passer sous la douche.

L'appel du repas du soir ne tarda pas à sonner. Comme c'était la *Thanksgiving*, je pris la décision de me joindre aux convives de l'institut, convaincu que leur jovialité déteindrait éventuellement sur moi.

Je repensais à Sciota. Je me plaisais à croire qu'une fée s'était penchée sur son berceau. Je voulais en apprendre davantage sur cette capricieuse à qui tout semblait réussir. Je décidai de *googler* « Sciota Chazy » sur mon *smartphone*.

Je tombai sur quelques pages détaillant sa carrière professionnelle. J'ouvris au hasard ce premier article, sorte de biographie s'adressant aux auditeurs de l'émission à laquelle elle participait. Sur le même site, je tombai sur certains de ses articles dont un, plutôt insipide, qui traitait des frasques d'une star hollywoodienne aux prises avec des problèmes de consommation de drogues et d'alcool. N'étant pas friand des cancans, je mis fin à la lecture.

Je revins au moteur de recherche, cliquai sur un autre lien et aboutis dans un album où Sciota réunissait des photos numériques couleur qu'avait elle-même captées avec son *smartphone*. Elle démontrait un certain talent pour la photographie. Elle présentait des sujets éclectiques comme des détails architecturaux et des scènes de rues croquées sur le vif, mais aussi des photos dans un style paparazzi où apparaissaient des stars dans tous leurs états. Quelques cadrages et certaines prises de vue s'avéraient fort réussis tandis que d'autres manquaient d'inspiration.

J'aboutis ensuite sur son microblogue d'information : chaque jour, du lever au coucher, elle *gazouillait* en cent quarante caractères de courts textes en continu enrichis de vignettes photographiques, toujours en lien avec la presse *people*. Je ne m'attardai pas sur ses *tweets*, préférant observer les images choisies, dont l'atmosphère suintait la luxure excentrique de la vie des gens riches et célèbres.

Je repérai une flopée de clichés narcissiques qui me firent sourire : j'adorais la manière espiègle qu'avait Sciota de capter en plongée ses pieds chaussés de souliers bigarrés ou bien ses poses de gamine, devant la glace. Sa collection d'images virtuelles avait aussi parfois l'allure d'un tableau de chasse où elle apparaissait en présence de stars.

Elle *peopolisait* la vie ordinaire des membres de sa famille, comme s'il s'agissait des gens extraordinaires; j'admire leur courage de se voir ainsi exhiber en public aux yeux de tous. Sciota démontrait une audace assumée dans l'étalement de sa vie privée en s'offrant en pâture à de soi-disant admirateurs. Elle sublimait le culte de la personnalité, s'affichant comme une marchandise attrayante, pour satisfaire son insatiable besoin de se mettre en scène en suscitant l'intérêt et la convoitise afin d'alimenter les fantasmes de voyeurisme des consommateurs de popularité élémentaire.

Faisant preuve d'un professionnalisme indiscutable comme journaliste, elle maîtrisait à bon escient l'art du quatrième pouvoir : celui d'influencer l'opinion publique par une sélection d'information nettement plus subjective qu'objective. La journaliste soutirait aux stars l'information nécessaire pour alimenter les médias et en retour, ces mêmes stars profitaient de la visibilité que leur procuraient les médias. Son album garni de photos de personnages populaires témoignait de cet échange qui lui permettait d'entretenir une étroite promiscuité entre les spectateurs et les célébrités.

Malgré le constat de mes réflexions arbitraires, je revins à mes recherches sur Sciota dans Internet. Je venais de tomber sur une surprenante image. On y voyait une main tenant à bout de bras un magazine sur lequel Sciota apparaissait, du temps où elle posait comme mannequin. L'image incrustée d'un billet funèbre touchant et élogieux soulignait de manière personnelle la mort prématurée d'Elvis Manuel. Bien qu'inconnu du grand public, il fut néanmoins une figure importante des domaines de la mode et de la publicité.

La sonnerie de mon *smartphone* troubla ma lecture. Je pris l'appel : c'était un commis de l'institut qui m'avisait qu'une enveloppe m'attendait au comptoir de la réception. Je raccrochai puis je décidai de remettre mes recherches sur Sciota à plus tard.

En tournant la poignée la porte pour sortir de ma chambre, je constatai sans surprise que je manquais dramatiquement de tonus. Chaque heure qui disparaissait me délestait d'une parcelle de vie.

Je récupérai auprès du réceptionniste l'enveloppe envoyée par mon avocat. Au moment où je m'apprêtais à quitter la réception, j'aperçus Sciota accompagnée d'une jeune femme. Toutes deux trempées de pluie, elles faisaient leur entrée dans le hall. Sciota allait passer devant moi ignorant presque mon existence. Je décidai de lui barrer la route.

— Ah! C'est toâââ…?

— Qui d'autre?

— Je te présente ma sœur.

J'avais du mal à reconnaître Sciota, tantôt distante et maintenant, si expansive. Elle se pendit à mon bras, exubérante. De femme timide qu'elle était habituellement, elle s'était transformée en un personnage frivole d'une étourdissante légèreté.

Sciota me présentait Albany en m'exhibant auprès de cette dernière d'une allure triomphale par mon titre professionnel seulement, sans nullement mentionner mon prénom. Je voulus la reprendre, mais comme je cumulais les bourdes depuis ce matin, je me gardai d'intervenir. Je serrai la main d'Albany sans lui prêter une véritable attention. Trahie par la repousse capillaire châtain clair qu'elle s'évertuait à dissimuler sous une teinture noire, je remarquai néanmoins que la benjamine cherchait à ressembler à sa cadette.

Sur un ton de midinette, l'air de rien, Sciota me susurra à l'oreille qu'elle aimerait que je me joigne à elles pour partager le repas du soir. En un tour de main, je succombai au charme sensuel de la fée clochette qui métamorphosait mon manque de vigueur en vitalité explosive. La jouvencelle mal à l'aise dans son corps trop grand que j'ai connue par le passé avait fait place à une femme dotée d'un indéniable pouvoir de séduction.

Pour l'occasion, je troquai mes vêtements de vacancier pour quelque chose d'un peu plus sophistiqué; après tout j'étais l'invité et je sortais accompagné. Sciota déclara qu'elle s'en tiendrait au protocole alimentaire strict auquel elle s'astreignait en tout temps, et qu'heureusement, la salle de banquet de l'institut était en mesure de satisfaire ses exigences. *Grand bien lui fasse*, pensai-je.

Dans cette salle quelque peu défraîchie, des tables avaient été montées et disposées de manière aléatoire. L'espace choisi par Sciota paraissait immense tant la taille de la table contrastait avec l'étendue du tapis (brun synthétique à poil court enjolivé de motifs dorés et alignés) sur lequel elle était disposée. Dans un coin de la salle s'entassait une montagne de tables et de chaises pliantes, dont certaines servaient aux invités surnuméraires, comme c'était notre cas et celui de ce couple de vieillards qui avaient demandé de préserver leur intimité au fond de la salle.

La dame menue aux cheveux argentés, assise bien droite, partageait la table avec un homme au crâne dégarni, affalé dans un fauteuil roulant. Ils dînaient en tête-à-tête à la lueur d'une chandelle plantée dans un bougeoir, le nez piqué dans leur assiette, n'échangeant pas le moindre mot, comme deux étrangers incompatibles forcés de cohabiter. L'institut avait cru bon de confier à un quatuor à corde la tâche de mettre un peu d'ambiance autour de leur table.

Les sœurs Chazy et moi partagions donc une table d'appoint couverte d'une nappe blanche en polyester garnie de vaisselle incassable. Nous nous trouvions près de la baie vitrée, fouettée par les embruns; comme il faisait nuit, nous ne pouvions y voir la mer, mais nous l'entendions au loin.

Je n'avais d'yeux que pour Sciota, resplendissante dans sa robe couleur crème, faite de soie légère et de dentelle et suspendue délicatement sur ses épaules dénudées. Elle monopolisait l'attention en tenant d'un air éthéré des propos mièvres auxquels j'acquiesçais en opinant, le sourire aux lèvres. Albany, les yeux ronds, me fixait sans relâche affichant sur ses lèvres une expression crispée; elle ne prononçait pas la moindre parole, n'émettait aucun bruit.

Coupant court au soliloque de Sciota, je demandai à Albany si elle estimait satisfaisantes ses vacances à Miami Beach. À ces mots, Albany jetait un regard perturbé en direction de sa grande sœur. Sur le coup, je crus que je venais de causer un incident diplomatique. Sciota fit alors quelques mouvements avec les mains dont seule sa petite sœur pouvait en décoder le sens. Je me souvins alors d'un détail : la benjamine était sourde, Sciota m'avait informé de ce fait lorsqu'elle m'avait accablé de sa biographie complète; mais je croyais tout au plus qu'elle pouvait lire sur les lèvres.

Albany me fit un sourire de contentement et pointa le pouce vers le haut. Sciota posa la main sur l'avant-bras d'Albany pour attirer son attention. « Parle-lui avec ton appareil », proposa-t-elle. Albany sortait de son sac à main un *smartphone* sur le clavier tactile duquel elle tapa quelques mots : une voix féminine déclarait sur un ton monocorde et saccadé : « La-pho-to-te-manque-t-elle? » Je ne m'attendais pas à cette question à la fois directe et emplie de sympathie : j'eus l'impression qu'Albany connaissait les recoins cachés de mon âme. Je plongeai mes yeux dans son regard rayonnant de compassion.

Sciota décréta une nouvelle règle qui m'était inconnue : tout repas, toute sortie venait avec l'obligatoire photo de groupe. Le *smartphone* en main, elle nous fit signe d'approcher. Je me proposai comme photographe non participant, me définissant davantage comme voyeur qu'exhibitionniste. Rien ne put convaincre Sciota du bien-fondé de me soustraire à la séance. Le refus n'était pas une option. Elle ne démordait pas, allant jusqu'à demander l'aide d'Albany pour me tirer le bras.

Pour éviter les contrariétés à tout prix, je me résignai à apparaître devant l'objectif. Nous dûmes nous rapprocher et nous coller tous les trois joue contre joue. Plutôt que de sourire à la caméra, les filles affichaient une sorte de rictus pulpeux, comme les *pin-ups* des années cinquante; qui est appelé *duck face,* le pincement des lèvres rappelant le bec d'un canard. Je me sentis mal à l'aise à l'idée de me faire photographier ainsi. À mon corps défendant, je jouai le jeu, arborant néanmoins une moue et un regard fuyant.

Nous regagnâmes nos places. Albany semblait captivée par le quatuor à corde. Sciota m'expliqua que sa sœur avait une grande passion pour le violon et qu'apparemment, elle en jouait très bien. À ce moment, le serveur vint déposer nos plats devant nous. Après le service, je demandai à rencontrer l'un des violonistes du quatuor pendant sa pause.

Les sœurs Chazy entamèrent leur repas d'un appétit vorace; quant à moi, j'avais du mal à trouver mon appétit et je me contentais de triturer ma nourriture avec ma fourchette. Albany me dévisageait en faisant des mimiques, elle haussait les épaules et imitait le geste de manger avec sa fourchette. Je me contentai d'esquisser un sourire en caressant son visage avec la main. Après avoir posé ce geste, je devinai Sciota verte de jalousie. Sous la table, à l'abri des regards, elle dirigea sa main vers ma fourche et entreprit de caresser mon pénis flasque. Depuis notre rencontre, j'anticipais cette éventualité, toutefois, étant donné le contexte, je ne me sentis pas à l'aise et refermai les cuisses sur sa main, ce qui était ma façon de bouder sa proposition. De toute évidence, j'avais le don de l'offusquer : elle fronça les sourcils et retira sa main.

Le repas se déroula dans le silence jusqu'à l'arrivée du violoniste. Je pris ce dernier à part l'implorant de me prêter son violon. Il refusait catégoriquement, mais se ravisa quand je glissai un billet de cent dollars dans sa main. Le violoniste s'approcha de la table et me présenta l'archet et son instrument. « Tu peux me jouer quelque chose, Albany? La musique arrivera sans doute à me remettre en appétit. » Craignant d'être mise à l'épreuve pour authentifier son talent, elle hésita un moment, mais voyant dans mes yeux la profonde sincérité de mes intentions, elle consentit à jouer un morceau.

Albany se leva et repoussa en douceur sa chaise loin de la table. D'un respect presque religieux, en toute pudeur, elle prit le violon et l'archet que lui offrait le musicien. Elle posa l'instrument à cordes entre son menton et sa clavicule gauche et s'appuya gracieusement sur la mentonnière. De la main droite, soutenue par le pouce et maintenue par les autres doigts, elle porta l'archet au-dessus du violon. Elle ferma les yeux et marqua une pause de quelques secondes, comme si elle communiait avec le violon afin d'en saisir l'intensité. D'un coup, elle attaqua diligemment la pièce en frictionnant les cordes tendues du violon avec le crin de l'archet, produisant un rythme de valse dans une montée mélodieuse, accentuée par des notes très aiguës.

Ce morceau fut rocambolesque, balancé par des mouvements rapides, des sauts d'archet sur les cordes, des virevoltes, des glissements saisissants, des tremblements surprenants.

Albany avait vraiment l'air de s'amuser. Nous étions tous subjugués! Je reconnus dès les premières notes de *La Campanella*, ce grand chef-d'œuvre de Paganini. J'étais envoûté par l'adresse avec laquelle elle parvenait à créer un tableau mélodique et harmonieux avec l'instrument. Je vis que Sciota souriait fièrement, et qu'au fond de la salle, le vieil homme s'était redressé dans son fauteuil. Son visage était illuminé et admiratif. Il avait déposé ses ustensiles et tourné sa chaise en direction d'Albany, pour mieux apprécier la richesse de l'œuvre musicale.

À la fin du morceau, Albany ouvrit les yeux et découvrit tous ces visages braqués sur elle. Elle fronça les sourcils et se mordit les lèvres. Un silence respectueux régnait dans la salle du banquet et l'on pouvait entendre à l'unisson le battement des cœurs de tous ceux qui s'y trouvaient. L'auditoire était cloué sur place par la qualité de cette interprétation.

Une salve nourrie d'applaudissements retentit. Albany était comblée submergée de gratitude. Le personnel de la cuisine, les serveurs, le quatuor à corde ainsi que le couple âgé prenaient part aux acclamations. Bien qu'il n'y eut au total qu'une trentaine d'individus pour battre des mains, l'enthousiasme était tel que l'on crut qu'il s'agissait de l'ovation d'une foule en liesse.

Albany restait imperturbable, ne se préoccupant guère du chahut, car l'unique avantage que représentait la surdité était de la garder à l'abri de l'orgueil et de la prétention. Elle remit le violon et l'archet au musicien qui la congratula en s'inclinant. Le temps paraissait suspendu. Je contemplai l'éblouissante incandescence qui émanait de son être comme une aura divine.

Albany reprit sa place autour de la table. Elle me dévisagea d'un sourire amusé et poussa vers moi l'assiette que j'avais laissé refroidir. Je n'avais véritablement pas faim, mais je restai fidèle à ma promesse en picorant mon repas du bout des doigts pour l'amuser.

Je m'apprêtais à manger quand le couple de vieillards se présenta à l'improviste à notre table. La dame âgée immobilisa le fauteuil de son mari puis félicita Albany pour son interprétation magistrale, qui lui rappelait celle de Leonid Kogan. Échangeant les politesses d'usage, la dame présenta son époux, se présenta elle-même, puis précisa qu'elle occupait le poste de doyenne à la faculté de musique du *Berklee College of Music* de Boston.

Albany répondit à la dame par des sourires timides. Même si ses yeux brillaient et son visage irradiait, elle avait également une voix, une voix qui projetait des sons soufflés de sa bouche comme un alizé dont la langue se butait sur les consonnes par des remerciements. Pendant le bref instant que dura l'échange, Albany se vit offrir une place pourvue d'une généreuse bourse d'études afin d'aller perfectionner ses connaissances au *Berklee College*. Avant que le couple tire sa révérence, la doyenne et Albany convinrent de se rencontrer à Boston la semaine suivante pour discuter d'avenir.

Tout comme Sciota avec Elvis Manuel, Albany s'était fait recruter au hasard d'une rencontre; toutefois dans son cas, c'était le fruit d'années d'efforts à développer son aptitude remarquable en musique qui avait attiré l'attention et non le simple désir d'exhiber son corps.

Sciota avait fait preuve de retenue pendant la performance de sa jeune sœur, mais elle sortit de son mutisme lorsqu'on lui proposa cette opportunité d'études. Elle était en désaccord avec cette proposition, prétendant qu'une formation musicale plus approfondie n'était pas nécessairement un gage de succès. Elle proposait une solution magique : Albany avait davantage à gagner à participer à des concours de talent télévisés, puisqu'elle s'attirerait à la fois la sympathie d'un large public et tirerait des cachets faramineux de ses performances.

L'insistante désapprobation de Sciota à l'égard d'un projet qui ne la concernait pas attrista profondément la jeune sœur. Elle faisait pourtant preuve de virtuosité, son talent tenait du génie et il représentait de surcroît un exploit pour une musicienne sourde. Albany n'avait nullement besoin de s'exhiber au petit écran comme un animal de foire.

Je luttais contre l'envie de prendre la défense de l'enfant prodige, même si le combat était perdu d'avance. Dans un louable effort, je me hasardai à exprimer mon opinion. Selon moi, Albany n'avait rien à perdre au change : le prix d'une célébrité instantanée était éphémère alors que la valeur d'une carrière s'inscrivant dans le temps pouvait être bonifiée.

Faisant passer mes propos pour des excentricités avec une ironie princière, Sciota me jeta un regard foudroyant afin de me faire comprendre qu'elle demeurait la seule à exercer un droit d'influence. Je regrettais l'intransigeance de Sciota et notre flagrante incompatibilité. Tel un serpent, elle s'était glissée jusqu'à moi, m'avait hypnotisé de sa beauté et avait fait de moi une proie de premier choix.

L'esthète en moi était déchiré devant l'étrange dualité qu'incarnaient les sœurs Chazy. L'une personnifiait la beauté tandis que l'autre symbolisait l'art. En ce qui concerne la seconde, son incroyable talent contribuait à gommer les imperfections de son apparence. À l'inverse de Sciota, Albany se distinguait à plusieurs égards, même si elle était négligemment voluptueuse, dissimulait son manque de confiance sous une outrageuse couche de maquillage et s'habillait de manière tapageuse, s'efforçant de démontrer une certaine maturité malgré son jeune âge. D'ailleurs, à l'exception de la beauté qu'apporte la jeunesse, rien ne pouvait la rendre plus attirante que sa volonté et sa résilience, qui faisaient d'elle un être absolument vénérable.

J'en étais à ces réflexions lorsque je constatai que mon état de santé s'était dégradé sans que je m'en aperçoive : subitement la fatigue était devenue de l'épuisement. Je sentis que le bon moment était venu de laisser les sœurs Chazy dans l'intimité. Je n'avais presque plus de force et pour me retirer, je dus prendre appui sur la table à dîner. En me levant, je sentis ma tête tourner et mes jambes fléchir sous mon poids; je perdis l'équilibre et je basculais dans le vide, m'étalant de tout mon long, plaqué au tapis par la douleur. Pendant que je m'écroulais, je vis Sciota, les yeux écarquillés, étirant à peine le cou, suivre ma chute; Albany, elle, courut à ma rescousse et s'enquit de mon état.

— Châ va? Châ va?

Je revins à moi, extirpé brutalement de mon sommeil, au moment où des individus forçaient ma porte, débarquant en trombe dans ma chambre pour se précipiter à mon chevet. Je ressuscitais, étendu sous les draps de mon lit et sans la moindre idée du temps qui venait de s'écouler. La vision brouillée par mes paupières collées, je distinguais mal cette présence humaine; toutefois, je discernai deux personnes qui s'agitaient de chaque côté de mon cercueil. Trituré par des douleurs spasmodiques, je peinais à me remuer.

Je sentais la froideur du monde extérieur contre ma peau sensible : on y posait un stéthoscope et des doigts pressaient sur mon abdomen. Je gardai les yeux clos, car je n'avais pas la force d'être ébloui par l'éclat de la lampe de chevet. Je répondais machinalement à un homme qui se montrait dévoué et rassurant et qui me pressait de questions en rapport à mon état de santé.

Lors de l'examen, je bénéficiai d'une embellie et je revins à mes sens. Je reconnus cette odeur particulière de parfum sucré, cette fragrance intime qui ne pouvait appartenir qu'à une seule personne. C'était l'essence tant convoitée de celle dont je voulais tout posséder: la beauté, l'assurance, des gênes auxquels je pourrais amalgamer les miens. Sciota nourrissait ma foi. L'extase que me procurait sa présence fut écourtée par l'intervention du médecin qui m'ordonna de me rendre à l'hôpital sur-le-champ.

— Ça va passer, j'ai une ordonnance.

— Les analgésiques sont proscrits à l'institut. On ne peut pas vous garder : vous avez besoin de soins, ce n'est pas un hôpital ici.

— Un hôpital n'est pas un endroit pour crever.

— Votre métabolisme montre des signes de gravité extrême. Si vous n'êtes pas rapidement pris en charge par du personnel médical qualifié, vos organes cesseront de fonctionner les uns après les autres et vous subirez d'atroces douleurs. Nous devons procéder à votre transfert vers les urgences.

J'implorai la pitié de Sciota. Je la suppliai de ne pas les laisser m'emporter. J'étais prêt à lui donner la lune, si elle la souhaitait, je lui offrirais tout ce qui pouvait lui faire envie, pour autant qu'elle m'aide... J'en étais au plus bas, réduit à mendier une mort décente. Au cours de ma vie, j'ai déployé tant d'effort à maintenir le vide autour de moi qu'aujourd'hui, je me retrouve pris à dépendre de la bonne volonté d'une tierce personne pour mourir dignement. D'une voix lénifiante, Sciota m'adjura de me détendre. Elle posa ses lèvres sur mon front afin de dissiper mon anxiété.

Sciota et le médecin m'abandonnèrent à mon sort. Ils s'éloignèrent, entretenant dans le particulier une conversation discrète dont je distinguais à peine le murmure. Au moment où ils quittèrent les lieux, je reconnus par la porte laissée entrouverte la silhouette d'Albany qui veillait l'entrée de la chambre comme une sentinelle. Cherchant à connaître ma condition, elle passa la tête dans l'ouverture de la porte; je remarquai que son visage exprimait un air grave et tourmenté. Même martyrisé par des lancinations, je parvins à lui décrocher un sourire sincère. Lorsqu'elle remarqua que j'étais presque indemne, son visage s'égaya. Je lui faisais signe de me rejoindre.

Elle approcha à pas feutrés jusqu'au bord du lit, jusqu'à moi. Notre silence était plus éloquent que tout dialogue. Albany prit ma main et la porta à son visage. Je caressai sa joue. Pour exprimer sa compassion, elle embrassa la paume de ma main. J'essayai de me relever en m'appuyant sur les coudes; Albany me prêta assistance, entourant ma taille de ses bras charnus, afin de redresser mon corps meurtri.

Une fois assis bien droit dans mon lit, je saisis sur la table de chevet le document que j'avais reçu précédemment de mon avocat dans la journée et m'exécutais à calligraphier tous les espaces laissés vacants. Albany avait sur ma vie l'effet d'un soupçon de fraîcheur. Une fois le document complété, je l'insérai dans une enveloppe tout en prenant soin d'en sceller l'ouverture et de noter au recto mon adresse civique. Je sortis de ma poche le trousseau de clés de mon studio de Boston que je remis à Albany, ainsi que l'enveloppe.

J'avouai que j'avais été ébloui par son talent et que je souhaitais égaler l'offre de la doyenne du *Berklee College of Music* en mettant mon studio à sa disposition aussi longtemps qu'il lui paraîtrait nécessaire. En contrepartie, je la mandatai pour se rendre au cabinet de mon avocat afin de lui transmettre personnellement cette enveloppe et attendre ses instructions.

J'évitai de l'informer de la nature du document qu'elle tenait dans sa main. Ce testament symbolisait ma rédemption, ce qui allait me permettre de m'affranchir de l'indifférence que j'entretenais envers mes semblables. Cherchant mon salut dans la conscience d'autrui, j'obtins de cette façon réparation en décidant de faire d'Albany mon héritière en lui léguant mes biens.

Je la prévins que mon parcours allait possiblement se terminer ici, que nos chances de nous revoir devenaient presque nulles. Le visage pétillant d'Albany s'assombrit et, noyés de chagrin, ses yeux humides versèrent des larmes qui délavèrent le fond de teint de ses joues rebondies. Elle s'élança sur moi et m'étreint, témoignant sa tendresse et son attachement d'une façon dont seul un enfant était capable. Après l'avoir serrée contre moi, je dénouai ses bras enlacés autour de mon cou. Je pris son visage entre mes mains, essuyant du même coup avec les pouces ses larmes et sa morve dégoulinant sur son visage empourpré.

La voix hoquetante étranglée par les sanglots, Albany parvenait difficilement à s'exprimer. Une fois en mesure de reprendre son souffle, elle s'efforça de me faire accepter la personnalité égocentrique de sa grande sœur. Sciota était diplômé en biologie, mais le cours de son existence avait été perverti. Aujourd'hui, si sa profession paraissait insignifiante, elle lui permettait dorénavant de s'épanouir; pour Albany, le bonheur de sa grande sœur, qu'elle affectionnait beaucoup, importait plus que tout.

Recélant d'inestimables qualités, Albany rayonnait d'une complaisance certaine. Elle semblait dotée d'un caractère aussi agréable que celui de ma mère. Je pris son parti sans faire d'esclandre. Joignant ma bouche à la sienne, je lui fis mes adieux d'un baiser auquel elle répondit affectueusement. Le regard embué, elle se leva du lit, signa avec les mains son affection et me dit espérer rapidement mon retour à Boston. Ensuite, les épaules secouées de sanglots, elle me quitta sans se retourner. Je replongeai sous les couvertures dans l'attente de la grande Faucheuse, qui allait venir me délivrer du mal qui tailladait mes entrailles.

Plus que je ne pouvais l'espérer, Sciota, que je n'avais pas entendu entrer, se matérialisa à mes côtés. Je m'estimai béni d'être gratifié de son dévouement, car au-delà de nos malentendus, Sciota témoignait sa bonté à mon endroit.

Il était ordinaire, dans mon milieu professionnel, de fréquenter des personnalités égocentriques, dont certaines parfois pouvaient faire cadeau du pire; parfois, cependant, il arrivait à d'autres d'offrir le meilleur d'elle-même.

Sciota ne m'abandonna pas. Elle m'informa de la situation en me faisant part du sort qu'elle me réservait. Compte tenu de la gravité des circonstances, j'étais dans l'obligation de partir de mon propre chef sur mes deux pieds, sans quoi le médecin de l'institut serait tenu criminellement responsable de la détérioration de mon état de santé ou de mon décès. Il n'avait d'autre choix que de signaler ma condition aux autorités ou de m'expédier sans délai aux urgences de l'hôpital.

Il était tard dans la nuit. Le calme revint dans le cœur d'Éther qui, essorant ses larmes, mit fin à la tourmente. Le vent, épuisé par son emportement, n'osait plus s'aventurer tant l'atmosphère était perturbée et l'air irrespirable. Usé et mal en point, transpirant comme un bœuf, j'étais terrassé d'une fièvre de cheval et je respirais comme un cachalot.

Sciota consentit à me tirer d'affaire; j'éviterais ainsi l'acharnement thérapeutique prodigué par les hôpitaux. Je profitais de la charité d'un samaritain et de la sollicitude de Sciota. Au bout d'un bref séjour au *Hippocrate Institute* je me laissai convaincre de monter à bord d'une nef en direction de Cuba, où j'allais pouvoir trouver le personnel soignant attentif à mes besoins.

***

L'énergie qui animait ma chair s'évaporait. J'étais vidé, évidé de mes forces. Ma vitalité baissait sa garde, laissant mon être sans défense. La douleur frappait. J'avais mal partout. Mon squelette, mes veines, mon sang, ma musculature, mes organes, mes nerfs m'offraient une expérience sensorielle insupportable. Cela portait à croire que tous les maux de l'humanité avaient élu domicile dans mon corps. Subitement, la douleur qui s'agrippait à ma carcasse relâcha son emprise en douceur. L'accalmie soudaine me permit d'émerger de l'enfer en revenant à moi, ballotté par les flots agités. Il faisait jour; la lumière du soleil était voilée par des nuages sombres et denses qui placardaient le ciel.

Lorsque Sciota mentionna pour la première fois l'idée de la traversée, j'imaginai un voilier, un yacht, mais jamais cet inconfortable croiseur sur lequel je fus forcé de voguer, rasant la côte de la péninsule floridienne pendant cent quatre-vingt-dix-huit miles nautiques jusqu'à Cuba.

Je me retrouvai allongé sur la banquette du pont arrière. Des lames de fond se brisaient brusquement contre la coque; l'embarcation tanguait comme si la mer me poussait à me remettre sur pied. Je n'entendais aucunement le vrombissement du moteur. Le croiseur n'avançait pas d'un nœud. Le bateau mouillait l'ancre, aucun littoral ne bordait l'horizon. En dépit d'un cruel manque de force, j'entrepris de monter à la timonerie afin d'élucider le problème et saisir ce qui pouvait bien se fomenter.

Poussant sur mes jambes chancelantes, les mains agrippées aux rampes, je parvins à gravir l'échelle; là-haut, je surpris Sciota qui embrassait à pleine bouche un homme dans la jeune trentaine auquel je n'avais pas été présenté. Aussi grands l'un que l'autre, ils ne rencontraient pas la nécessité pour s'embrasser de se pencher ou encore se hisser sur la pointe des pieds, car leurs bouches se joignaient parfaitement.

Je m'effondrai, incapable de quitter des yeux l'ahurissante scène de leur étreinte. Il y avait une telle dichotomie de style entre ces deux amants improbables, un contraste criard qui relevait de l'invraisemblable. On aurait cru qu'ils sortaient tout droit d'un catalogue de vêtement pour adolescents. Sciota portait une longue robe d'été avec des imprimés fleuris. Lui avec sa bouille patibulaire de mal rasé s'était accoutré comme un *gangsta* de la côte ouest.

Il présentait un physique rachitique et élancé, et des lunettes noires lui pendaient au bout du nez. Il avait opté pour une façon étrangement ridicule de coiffer son crâne : il portait une casquette posée de travers — malgré le vent puissant du large — dont la visière, qui devait normalement être arrondie, se trouvait étrangement plate, faisant de l'ombre sur son oreille plutôt que sur ses yeux. Il s'était vêtu d'un débardeur blanc sous une veste bleue de sport où apparaissait le mot *Dodgers*, dont les boutons refermaient à moitié la pièce d'étoffe. Il arborait autour du cou une abondante quantité de pendentifs, colliers et autres bijoux en or qui tombaient en cascade sur son torse. Il portait un pantalon qui descendait ridiculement à mi-cuisse laissant ainsi paraître son caleçon.

Les détails vestimentaires de ce jeune homme se travestissant en *gangsta* laissaient croire à une mascarade suivant le courant de la mode. Je me hissai à la timonerie en rampant sur le plancher; le *gangsta* m'aperçut et abandonna la bouche de Sciota.

— Regarde, ta marchandise a repris vie.

Gardant les bras le long de son corps, balançant les épaules, il avança lentement vers moi avec une démarche caricaturale tout en affichant une agressivité menaçante. Je fus moins sûr qu'il s'habillait selon la dernière mode en le voyant sortir, d'entre ses jambes, coincé dans son caleçon, un révolver.

— Pourquoi il est armé?

— Je te présente mon homme, Jay-Dee!

— Ouais, et t'as intérêt à être docile, intima-t-il en empoignant l'encolure de mon polo. L'affreux *gangsta* planta le canon de son révolver dans une de mes narines pour me torturer avec un plaisir sadique. Aussitôt, Sciota s'interposa : « On n'abîme pas la marchandise, on touche avec les yeux seulement ». Furieux, Jay-Dee me repoussa sur le sol. Ma lente perte d'énergie s'était prolongée jusqu'au moment où mes forces quittèrent définitivement mon corps. Je m'affaissai à ses pieds, vaincu, molasse comme une poupée de chiffon. Je relevai la tête pour constater qu'il me toisait avec un sourire vicieux qui lui barbouillait le visage. J'appuyai les paumes au sol pour me remettre debout. Juste avant de s'éloigner, le *gangsta* profita lâchement de ma prostration pour cracher sur mes mains. Je n'avais pas suffisamment la force nécessaire pour lui rendre son agression. Avachi au sol par l'avanie infligée, j'essuyai mes mains sur mon pantalon. Il me restait juste assez d'énergie pour crier :

— Dans quelle galère, tu m'as embarqué, Sciota?

— Ce n'est une galère, c'est une barque funéraire.

— Et, pourquoi, on n'avance pas?

— Parce que nous n'allons simplement nulle part, voilà tout.

— Je ne comprends pas. Tu m'as promis de m'accompagner à Cuba.

— Autant en emporte le vent!

— Je vais très mal, Sciota. J'ai besoin d'aide.

— T'as besoin d'aucune aide en ce moment, pas plus que tu en avais besoin dans le passé. T'es seul, t'es à l'article de la mort, et je compte bien en profiter.

J'entendais Jay-Dee, depuis déjà un bon moment, couiner de rire dans son coin. Chaque fois qu'il en avait la possibilité, il terminait les phrases de Sciota avec de longs bêlements caprins : « Ouais... »

— Comment ma mort peut-elle être profitable?

— T'es célèbre, coco! Une fois que tu auras refroidi, je ramène ton corps sur la côte. À moi, les entrevues, les exclusivités, la popularité!

« Ouais », bêla Jay-Dee une fois de plus. Sciota exhibait une éblouissante manifestation de cruauté qui me pétrifia d'effroi.

Je m'étais rapidement pris d'amour pour elle, et aussi rapidement, je me déprenais de son amour.

D'une insouciance immorale, elle avait mis à contribution sa relation avec Elvis Manuel pour échafauder un stratagème fallacieux digne d'un *thriller* suédois afin de faire progresser sa carrière professionnelle.

Elle dégagea une expression dont je retrouvai la trace perdue dans ma mémoire. Sur le coup, je ne l'avais pas remarqué immédiatement, mais elle avait une étrange ressemblance avec Vivien Leigh, interprétant d'une beauté gracieuse Scarlett O'hara, impérieuse. Sciota jouait sur toutes les gammes : tour à tour et au même instant enfantine et provocante et mal assurée, exaspérante et désarmante, éperdue d'amour et froidement calculatrice, désespérée, enfant perdue et femme vengeresse.

La sonnerie du *smartphone* que je laissai traîner dans ma poche retentit. À bord, la panique s'empara de l'équipage surpris d'apprendre qu'une personne extérieure désirait me joindre. Pour ne pas éveiller de soupçons, ils me permirent de répondre pour rassurer mon avocat qui téléphonait, mais je dus les laisser écouter ma conversation par le haut-parleur.

L'avocat me prévint que ma vie privée était révélée au grand jour, qu'une certaine journaliste Sciota Chazy diffusait de l'information à la télé et sur le Web à propos de ma condition à l'institut.

— Sciota, c'est une amie. Je suis au courant.

Je poursuivis l'appel téléphonique en le rassurant, insistant qu'il n'y avait pas lieu de s'inquiéter. J'avais changé d'attitude, et assumant désormais ma célébrité, j'avais désigné Sciota pour prendre ma publicité en charge. Afin de rendre mon récit plus crédible, je lui mentionnai que je profitais de l'air de la mer, où je me reposais quelques jours à bord d'une croisière, pour m'oxygéner et reprendre des couleurs.

Bien sûr, tel un arracheur de dents, je mentis sur le cours des choses, et les muscles crispés du visage de Sciota se relâchèrent. À cause du haut-parleur, j'évitai de faire état d'une quelconque allusion de l'étrange coïncidence de mon épanchement pour les sœurs Chazy, et j'espérais qu'il n'allait pas mentionner le nom d'Albany dans la conversation. Je mis fin hâtivement à notre entretien en le remerciant et en promettant de communiquer avec lui à mon retour sur la terre ferme.

— Tu ne m'as pas dénoncée?

— Franchement, ma chère, avec ce qui vient sur nous, c'est le cadet de mes soucis.

Se retournant sur elle-même, Sciota aperçut à son tour ce que j'avais vu venir et qui allait nous engloutir.

La pluie mit moins de cinq secondes à nous atteindre, puis au bout de quinze secondes d'averse, suivit la tempête, qui allait pendant une minute interminable nous projeter au cœur de la tourmente avant que ne frappe la tornade.

En spectateur dérouté devant une tragédie comique, j'assistais au théâtre burlesque de la démesure et pour accompagner leur débandade; il ne manquait plus qu'une bande sonore swinguant pour appuyer la scène sur le rythme endiablé.

Apeurée, Sciota hurla : « Jay-Dee, il y a une tornade qui fonce sur nous! » Affolé, ce dernier meugla : « Lève l'ancre! » Il s'évertua à vouloir déguerpir, mais ne réussit qu'à faire caler le moteur. Les choses allaient de mal en pis, comme c'était souvent le cas lorsque des amateurs se consacrant à une activité qui les dépassaient.

Devenue hystérique, Sciota se précipita dans l'échelle pour descendre sur le pont. À mi-chemin, son soulier déchira sa robe, et sa jambe passa à travers le vêtement jusqu'à la cuisse. L'incident lui fit perdre l'équilibre et ses mains moites de sueur ne purent la retenir aux rampes : elle tomba en bas de l'échelle. Sa chute prit fin au moment où sa tête heurta le garde de corps du croiseur, avant de basculer par-dessus bord.

J'eus l'impression que ce dernier moment représentait une éternité. Les déchets biomédicaux générés par mon organisme moribond polluaient mon être, perturbant ainsi mon esprit. Je n'avais plus de contrôle sur mes membres et je perdis contact avec la réalité.

D'une faiblesse lamentable pour fuir, mon corps résigné allait s'éparpiller. Un dernier souffle d'esprit traversa mon âme d'une parole de Herman Hesse : « *Certains d'entre nous croient que s'accrocher nous rends fort; mais parfois, c'est lâcher prise.* » J'ouvris les bras au vent afin de me laisser emporter librement dans les airs par la bourrasque du puissant tourbillon.

Au moment de ma vertigineuse ascension, je pus capter quelques images dont le croiseur volant entre ciel et mer, retenue par l'ancre, comme une baudruche au bout de sa corde, briser en éclat par la force du vent. De même que le *gangsta*, qui, sous mes yeux, se démembra pulvérisé parmi les décombres.

Ne possédant qu'une pensée fugitive à l'égard de Sciota, je ne me questionnai pas à savoir si la tornade l'avait enlevée ou si, comme Narcisse, elle s'était noyée en mirant son égoportrait dans l'eau. Elle s'en alla et je ne la revis plus.

11

LES LIMBES

Il faisait jour, alors qu'au même moment, il faisait nuit. À la verticale, il n'y avait ni haut ni bas, il y avait deux dimensions qui s'étendaient de part et d'autre, à perte de vue, et qui se rejoignaient derrière la ligne d'horizon. L'une de ces parties présentait un visage d'étoiles scintillantes alors, que l'autre face montrait un ciel bleu immaculé. Je me trouvais pile entre l'aspect diurne et nocturne.

Je sentis en moi le désir de marcher, de faire quelques pas, sur cette lame de verre qui séparait la noirceur de la nuit de l'éblouissante clarté du jour qu'émettait le soleil. À peine, je mettais un pied devant, que je compris pouvoir posséder la capacité d'exister dans les deux mondes. À la lumière du jour, j'emboîtai le pas dans une direction tandis que baignant dans l'obscurité, j'empruntai la direction opposée. Pourtant, j'étais la même personne, je ne faisais qu'un. L'expérience s'apparentait étroitement aux figures présentées sur les cartes à jouer; le valet, la dame et le roi présenté à la fois inversés et opposés. Plus j'avançais, plus je m'éloignais de moi-même.

Sous chaque pas posé sur la surface du plancher, mon soulier, qui entrait en contact avec la matière solide, ne faisait pas le moindre bruit. Puis subitement, hâtant le pas, je me mis à courir rapidement, sans que le moindre claquement de semelle se fasse entendre. Je m'arrêtai un temps pour contempler le panorama qui semblait fixé comme une fresque. Me sentant trop éloigné de moi-même, je jugeai préférable de revenir en arrière à pas de course. Je me rapprochais de plus en plus de moi-même et pour marquer ma rencontre, je m'élevai, sautant dans les airs, pour retomber à pieds joints sur mes propres pieds.

Je crus un instant être mort, en attente entre le ciel et les ténèbres, au purgatoire dans un processus de purification afin de libérer mon âme de l'égoïsme et de l'amour-propre. Ce qu'en définitive j'avais préalablement réglé avant de mourir en faisant d'Albany mon héritière, échappant ainsi à coup sûr au châtiment éternel des feux de l'enfer. Quant à la durée de mon séjour en ce lieu intermédiaire, je me demandai, combien de temps mon âme de pauvre pêcheur allait-elle prendre pour expier ses fautes avant d'atteindre le paradis. Je me rendis compte que je divaguais puisque pris d'une fièvre vertigineuse en proie à d'étranges hallucinations.

Je flottais, atone, au gré des mouvements marins; à plat ventre, mon corps ondulait sur la surface de l'eau. J'étais absent et aucune pensée ne venait perturber mon esprit amorphe. Ma tête reposait sur le côté, mon visage était écrasé sur une étendue plane; j'avais les yeux grands ouverts et mon regard portait à la verticale plutôt qu'à l'horizontale. Je réalisai que ma vision altérée par une diplopie présentait un étrange point vu binoculaire de la même image en deux cadres, l'un au-dessus de l'autre, légèrement décalés sur le côté. D'instinct, je croisai les yeux, superposant les deux cadres afin de les réunir en une image monoculaire. La tentative expérimentale s'avérant inconfortable, je passai à une stratégie différente m'appliquant à fermer un œil, ce qui eut pour résultat de faire disparaître un cadre et ne laisser qu'une seule image. Ma vision de borgne me permettait de scruter l'aspérité environnante qui frissonnait comme une chair de poule.

J'étais à la fois fasciné et attiré par le scintillement lumineux qui brillait comme du cristal étincelant à la crête des flots discordants. Je dégageai un bras vers ces couardes vaguelettes afin d'en toucher une, mais elles fuyaient ma main dès que j'approchais. En fait, elles n'étaient qu'une illusion faussant la réalité, car la surface s'avéra être une agglomération de substances gélifiées et lisses. Je dérivais sur une membrane qui paraissait retenir prisonnière l'étendue océanique d'eau saline.

Je passais de l'inconscient au conscient jusqu'au moment où je découvris, me retournant, ces rapaces sous-marins dont l'aileron fendait la surface comme un périscope. Je dénombrai au moins huit requins affamés chassant en bande, qui s'évertuaient dans une ronde circulaire à m'étourdir avant de faire de moi leur amuse-gueule. Même si j'étais condamné à mort, je ne désirais nullement terminer en petit gibier. La peur me gagna. Je surveillai de près leur comportement imprévisible afin d'esquiver une éventuelle attaque. Tout à coup, sans aucun avertissement, la meute détala, m'abandonnant seul sur une plateforme de plastique.

Je suivis la fuite de ces chacals des mers jusqu'au moment où mon regard croisa une sombre paire d'yeux qui me fixait inlassablement. La présence des poissons sauvages et voraces se faisait plus rassurante que la créature nageant au-devant. La frayeur inspirée par cet être inquiétant me glaçait le sang, car jamais je n'avais rencontré l'effroyable présence d'une telle forme de vie. Je me redressai à quatre pattes sur le monticule synthétique en hurlant d'épouvante.

Dans un élan, la monstruosité bondit hors de l'eau et se jeta sur moi m'emportant avec elle au fond de l'océan. Je ne pus me délivrer des griffes de la bête tant j'étais laminé. La chose se tint légèrement à distance et tournoya dans une course folle autour de moi, me laissant sans la moindre chance de lui échapper. Je ne pus observer son apparence tant elle s'exécutait de manière agile et rapide. Les yeux grands ouverts, j'espérais fixer dans mon esprit une vision nette de la monstruosité en mouvement, car elle ne laissait qu'une image en filé à l'allure de barreaux de prison. Malgré le fait que je coulais à pic au fond l'océan, je parvenais sans peine à respirer. Pendant la foudroyante course orbitale, la bête profita subrepticement de la situation pour attaquer de plein fouet en me harponnant le bras gauche.

L'attente au purgatoire fut de courte durée : je mourus immédiatement après l'attaque du monstre. Le paradis s'ouvrait à moi. Je n'éprouvais plus aucune sensation, nulle douleur et pas le moindre lancinement : mon corps était maintenant libéré de la gravité. Mon seul esprit captif me permit de comprendre qu'à la suite de l'assaut, je me sentais bien et que la monstruosité continuait à s'agiter tout en remontant mon corps à la surface.

12

LE SALUT

Je présumais mon état expiré lorsque mon organisme périmé provoqua l'indigestion. Incité par d'éprouvantes nausées, un reflux abyssal soulagea l'océan en vomissant ma dépouille sur la grève. Je m'imaginais être un crachat, retenu aux commissures de la rive à l'embouchure de la terre et la mer. Inconscient et gisant à plat ventre sur le rivage, je fus ballotté par le ressac qui amena et repoussa mon enveloppe corporelle tiraillée entre la vie et la mort.

La langue d'une vague se risqua à lécher mon corps, tentant au passage de chatouiller mon nez et d'embrasser ma bouche. Échappant de près à la noyade, je revins à moi, poussé par un accès de toux. Entraîné par une constriction spasmodique, je fus contraint d'expulser l'eau de mer de mes poumons. Cloué au sol, je râlais mieux que je respirais.

Je repris connaissance lorsque je sentis la pression aiguë d'un objet dur s'enfoncer dans mon dos.

— Hé! Réveille-toi!

L'obscurité tapissait la lune et les étoiles alors que la nuit fut repeinte de noirceur. Je me hasardais à repérer dans ce décor sans éclat la provenance de la voix. Je me tournai sur le côté : un être émergeait dans la lumière incandescente d'une flamme émanant d'une lanterne à l'huile. Je découvris le visage d'un garçon d'une dizaine d'années qui me considérait gravement. Il se tenait debout serrant dans une main l'anse de la lanterne et dans l'autre, la branche d'arbre qu'il avait utilisé précédemment pour me réanimer.

— Lève-toi! Tu es sur la terre ferme, maintenant.

Mes facultés me limitaient à l'observer, tandis que lui était doté de capacités illimitées pour bavarder sans arrêt. «Viens te sécher. Tu es trempé. Regarde, là-bas, il y a un abri. J'ai préparé un feu pour te réchauffer.

Il y a aussi des couvertures. À manger si tu as faim. Allez, tu viens? Je te laisse la lanterne, moi je retourne là-bas. Bon! Comme tu voudras. » Il se résigna et me laissa sur place.

Il s'en retourna vers l'abri où brûlait un feu de bois en balançant les bras de chaque côté de son corps, comme s'il se donnait un élan pour mieux avancer en foulant le sable qu'il remuait avec les pieds. Je le vis disparaître dans le noir de la nuit pour le voir réapparaître à contre-jour marchant dans la lumière du feu qu'il prétendait avoir allumé. La bouche ouverte au bord de la rupture, je clabaudai une toux catarrheuse. Je régurgitai une giclée visqueuse qui s'agglutina en une flaque jaune sur le sol près de mon visage. Mes voies respiratoires étant dégagées, je pus reprendre haleine normalement.

Le crépitement du feu de bois résonnait dans l'air. On pouvait entendre siffler le vent asthmatique enroué dans le feuillage des arbres. Plus loin, ouïr le frottement lent du ressac qui polissait la grève comme du papier abrasif.

Mes vêtements séchaient au vent sur un support de fortune. Je camouflai la peau de chagrin de mon corps émacié sous une couverture. Tenant à peine debout face aux flammes, je m'imprégnai de la chaleur du feu de camp pour me réchauffer et sécher mon *smartphone*. Je réalisai inopinément mon acharnement désespéré puisque mon projet consternant s'avérait vain, l'eau ayant gagné les circuits et le téléphone ayant perdu son intelligence. Il n'y avait plus rien à espérer de l'objet endommagé. Je m'en départis aussitôt, lançant loin dans la mer ce qui autrefois constituait la barrière intime de ma relation avec l'extérieur.

— Tu as faim?

Curieusement, mon appétit avait repris ses droits. Des oreilles avaient poussé à mon estomac et, n'écoutant que ma faim, je rejoignis le gamin sous l'abri et posai mon séant sur le sable. Il me tendit une feuille de bananier qui contenait un poisson grillé. J'acceptai sans me faire prier le repas que je mangeai en silence. Au contraire de moi, qui demeurais muet, l'enfant s'avérait démesurément bavard, m'ensevelissant sous une montagne de questions indiscrètes. Ça allait de l'endroit d'où je provenais à la profession que j'exerçais, de l'âge que j'avais à ma situation maritale, du nombre d'enfants que je possédais à mon orientation sexuelle.

Je voyais bien qu'il essayait par tous les moyens d'entrer en communication avec moi. J'acceptai de sympathiser avec lui : après tout ce n'était qu'un enfant seul dans la nuit, possiblement impressionné par la promiscuité d'un adulte étranger. Lorsqu'il manifesta son intérêt pour le *smartphone* que j'avais lancé à la mer, je cherchai à savoir s'il en possédait également un. Et comme par enchantement, le gamin sortit une tablette dont j'aperçus le dos noir. Il l'exhibait fièrement.

— On peut appeler du secours avec ça?

Le gamin se rembrunit, laissant tomber un « non » du bout des lèvres. Il affichait une mine embarrassée. Baissant les yeux, il me tendait l'appareil, affirmant s'en servir pour dessiner. Bien vite, je reconnus un Écran magique, ce jouet au cadre rouge muni de deux boutons servant à déplacer le curseur noir sur une surface grise. Le moment paraissait surréaliste. Le conte de Saint-Exupéry me vint à l'esprit et je remarquai une spectaculaire similitude entre mon arrivée dans cet endroit et celle de l'aviateur échoué décrivant sa rencontre avec le Petit Prince. Je ne pouvais me retenir d'imaginer le gamin suppliant de lui dessiner un mouton sur le télécran.

— Tu peux me dire où je suis?

— Sur la plage…

Sa répartie sarcastique me fit grimacer. L'expression de mon visage présenta au gamin mon mécontentement devant ce trait d'esprit singulier.

— On est sur Île Bimini, dans l'archipel des Bahamas.

— Et, où sont tes parents?

— Ils ne sont pas là.

— Je vois bien qu'ils ne sont pas là. Je te demande où ils sont.

— Ma mère et mon père sont morts depuis longtemps.

Craignant une allergie larmoyante, j'évitais de dépoussiérer de pénibles souvenirs.

— Tu ne vis certainement pas seul sur cette plage?

— Non, voyons! Je vis dans une maison comme tout le monde. Demain, je vais t'y amener.

Chacun relançait l'autre dans un interrogatoire intime. Le gamin agile parvenait à esquiver les rares questions que je lui posais et auxquelles il apportait de brèves réponses. À la fin de l'examen, la méfiance s'était dissipée. Et c'est ainsi que j'avais fait la connaissance de Pipelet.

Je m'éveillai au moment où apparaissait la première lueur du jour. Je me sentais mieux que la veille et mieux encore que les jours précédents. Malgré le temps chaud et humide qu'imposaient les rayons du soleil, je remis tous mes vêtements. Je fis une bouchée de la banane et de la mangue que m'avait offertes Pipelet pour le petit déjeuner. Après avoir rassemblé le nécessaire dans des sacs à dos, nous levâmes le camp, quittant la plage pour prendre la route à travers la forêt en direction de la maison de Pipelet, qui se trouvait à trente de minutes de marche.

Pendant que nous avancions dans la forêt, affairant mon esprit, je ressassais les questions auxquels le petit Pipelet m'avait laissé sans la moindre réponse.

— Comment tu savais que j'étais sur la plage hier soir?

— Bien, ils m'ont dit de venir te chercher.

— Qui t'a demandé ça?

— Les êtres aquatiques. Les guérisseurs de Healing Hole.

L'imagination fertile de cet enfant me stupéfiait.

— Dis-moi, petit, quelle langue parlent tes bestioles aquatiques?

— On ne parle pas. On communique en dessinant dans le sable.

L'enfant cessa net d'avancer, se tourna et me regarda en fronçant les sourcils. Il décida de rebrousser les quelques pas qui nous séparaient pour s'approcher de moi. Planté devant moi comme un piquet, le cou courbé en arrière, la tête levée vers le ciel pour repérer mon regard, Pipelet me corrigea en m'enfonçant un index ferme et bien droit dans le ventre.

— Primo, ce ne sont pas des bestioles. Ce sont des êtres aquatiques humanoïdes. Secundo, je dois m'occuper de toi parce que l'un d'eux t'a sauvé la vie.

— J'ai eu de la chance, c'est tout.

— Alors, comment tu expliques cette marque sur ton bras?

Pour m'assurer de l'exactitude de ce qu'il avançait, je remontai avec la main droite ma manche du polo pour dépister sous mon bras gauche une morsure indolore en forme de nombril au contour bleuté. Je lui passai vivement la main dans les cheveux.

— Tu inventes tout ça, petit!

— Tu as été marqué et maintenant, tu n'as plus mal du tout, n'est-ce pas?

Pour la première fois, je pris conscience de l'état de mes fonctions. Je paraissais rétabli. J'avais échappé par deux fois à la mort. Ni mon corps malingre ni la tornade n'étaient parvenus à me retirer de la circulation. Effectivement, je me sentais bien portant. Peut-être l'enfant disait-il vrai. Les évènements inexplicables auxquels j'avais dû faire face depuis quelque temps n'avaient pas plus de sens à mes yeux que ces phénomènes mystérieux qui se produisaient. Qu'allait-il m'arriver? Cette morsure allait-elle s'infecter? Pipelet alléguait d'un air sagace que la morsure volontaire allait laisser une cicatrice seulement lorsqu'elle serait entièrement guérie.

— Comment puis-je me rétablir d'un mal incurable? Ça n'a aucun sens. La vie n'a pas de sens.

— Évidemment que la vie n'a pas de sens. Et si elle en avait un, quelle direction prendrait-elle?

Reprenant la route Pipelet éclata de rire. Je le suivis, marchant dans ses pas sur le sentier dégagé qui traversait la forêt menant de la plage à sa maison. J'observai l'extraordinaire finesse d'esprit du gamin lorsqu'il se lança dans un discours éloquent où il exposait ses idées sur le sens de la vie. Il déclara le plus sérieusement du monde que nous devions prendre soin les uns des autres. Qu'il était profitable et primordial de s'unir plutôt que de se démunir! Il ajouta que la vie était une tragique fatalité, fragile et fugace. De cette implacable contrainte, nous avions l'obligation morale de prendre conscience de notre bien-être afin de réduire le poids de la vie qui pèse sur l'existence. La vie devait être au centre des préoccupations humaines : de cette manière, l'existence prenait tout son sens.

— C'est ce que font les êtres aquatiques. Ils sauvent la vie des gens. Ils offrent la possibilité d'accéder à une seconde existence.

— Comment as-tu appris tout ça?

— Tu n'es pas un cas unique! Chez nous, il y en a eu d'autres comme toi, mon petit gars.

Pipelet se tut subitement, l'expression de son visage se transforma lorsqu'il s'entendit prononcer ses derniers mots. Prononcé par la bouche d'un enfant, cette boutade me faisait sourire, trouvant la comparaison amusante de nommer un adulte « mon petit gars ». Lui, tout autrement, se mordit la lèvre, comme s'il venait de trahir un inavouable secret. Je poursuivis dans sa lancée en personnifiant un petit garçon : « Est-ce qu'on arrive bientôt? », avais-je badiné. Je glissai cette phrase tirée du registre de la prime enfance voyageant sur de trop longs trajets. Il n'avait pas l'air de saisir la plaisanterie. Il me toisa béatement : la blague tombait à plat.

— Nous sommes arrivés.

Pipelet étira le bras pour créer une brèche à travers l'immense bosquet qui se dressait devant lui, ouvrant le passage pour me laisser pénétrer. Le feuillage du bosquet refermait la forêt derrière nous, et devant, une vue imprenable s'ouvrit sur un admirable domaine où trônait un imposant manoir de style néoclassique à deux étages, cintrés chacun d'une véranda; l'édifice était flanqué à droite d'un verger et à gauche, d'un potager.

Profitant de l'invitation hospitalière de mon hôte, j'acceptai de séjourner sous son toit afin de laisser au temps le soin de guérir la morsure infligée par ce soi-disant guérisseur. Je logeai dans une chambre aménagée comme une suite d'hôtel. Muni d'un léger bagage, je ne voyageais qu'avec le pantalon et le polo que je portais au moment où j'ai échoué sur le rivage. La générosité de mon hôte l'incita à me faire don de vêtements neufs ajustés à ma taille. Tout était à ma disposition pour satisfaire au confort du corps. J'eus accès au bonheur renouvelé de la douche chaude, de la serviette propre et du peignoir duveteux.

Je n'entretins aucun lien avec les quelques domestiques, entraperçus par hasard, lesquels d'ailleurs ne me prêtaient aucune attention et ne jetaient sur ma condition aucun regard sinistre ou grimace tragique pour exprimer leur profonde compassion. Cet indispensable personnel de service s'affaira dans la discrétion, telles des abeilles ouvrières, à veiller à la somptuosité des lieux. Les cuisiniers, comme des scouts, étaient toujours prêts à concocter des produits locaux à toutes heures du jour, le tout orchestré par un majordome qui régentait le déroulement efficace des activités hôtelières.

Le luxueux manoir semblait surgir du passé, telle une fantaisiste réplique d'un décor destinée à un parc à thème historique. Il émanait de celui-ci une ambiance pittoresque frelatée dont la manière de vivre se rapprochait de l'époque pré-victorienne et des guerres napoléoniennes. En dépit de sa désuétude, il n'exhalait nul remugle caractéristique des vieux bâtiments; le manoir restait bien entretenu et se montrait impeccable.

Privé d'électricité, au coucher du soleil, le manoir était éclairé par des luminaires nourris au gaz de houille. Loin de toute commodité moderne, coupée de toute communication par transmission numérique ou analogique, il n'y avait aucune possibilité d'accéder à des distractions considérées normales, comme la musique, le cinéma ou l'Internet, et encore moins aux chaînes câblées. L'unique divertissement reflétant une certaine modernité s'articulait autour de l'imposante bibliothèque du manoir constituée d'ouvrages variés dont des titres allaient du traité de cuisine aux récits religieux de différentes confessions, en passant par les romans et les multiples biographies, accessibles dans toutes les langues étrangères.

Je ne fus pas enclin à reprendre les affaires et encore moins pressé de rentrer à Boston, préférant m'attarder à flemmarder au lit.

J'accédai à une embellie soudaine qui parut miraculeuse, ce qui ne me déplut guère, car l'idée de faire la lecture en procrastinant dans un hamac me délestait d'un peu du poids existentiel.

Je souhaitais profiter de mon séjour au manoir pour faire le point, car je ne voulais aucunement hâter mon retour pour déclarer que j'étais sain et sauf. J'allais devoir affronter la réalité crue et rendre des comptes aux autorités publiques entourant l'évènement du croiseur, puis participer aux entrevues consacrées à la presse pour expliquer ma relation avec Sciota. Éviter de projeter intentionnellement de l'ombre sur les familles en levant le voile sur les motivations retorses de Sciota, ne s'en tenir qu'à la version des faits, soit un départ de la clinique pour entreprendre un voyage en destination de Cuba à bord du croiseur et un ouragan. Ensuite, me retrouver auprès d'Albany, éplorée par la disparition de sa sœur, afin de lui offrir mon soutien.

Une fois le seuil du manoir franchi, Pipelet me saisit la main. Sans lâcher-prise, infatigable, il m'entraîna au pas de course à travers les pièces du rez-de-chaussée. L'enfant guilleret riait et criait à mainte reprise : « Je l'ai trouvé! Je l'ai trouvé! » tant il était pressé de me présenter.

L'échappée prit fin de manière impromptue au moment où le gamin et moi tombâmes nez à nez avec un homme aux traits asiatiques et de taille moyenne qui se tenait le dos droit comme un *i*, revêtu d'une combinaison blanche dont le stylisme rappelait celles des pilotes de course automobile, bardées d'emblèmes publicitaires. Plutôt que d'arborer des logos relatifs à l'industrie automobile, c'était en fait ceux d'entreprises pharmaceutiques et de fabricants de produits médicaux qui étaient cousus sur son blason.

— Pipelet! Qui est-ce que tu nous amènes là?

— Je l'ai trouvé! Il était sur la plage.

— Dans ce cas, bienvenu au manoir de Healing Hole. Je vois que vous avez fait la connaissance de ce bon vieux Pipelet.

Le garçon asséna de son petit pied nu un coup direct et ferme dans le tibia de l'homme qui ne paraissait nullement commotionné par l'attaque.

— Quant à moi, je me prénomme Victor. Et vous, notre invité. Nous portons une attention particulière à protéger l'anonymat et l'intimité de nos locataires pour des raisons de sécurité. Je présume que vous avez envie de vous rafraîchir après ce périple qui vous a mené jusqu'ici. Une chambre vous a été assignée, vous y trouverez des vêtements neufs. Par la suite, venez vous joindre à Pipelet et moi pour le dîner. Cela vous convient-il?

Pour souligner mon arrivée, Pipelet se pointa à table pour le dîner, profitant de l'occasion pour s'endimancher dans ses habits de petit monsieur du dix-neuvième siècle. Les cheveux laqués sur le crâne séparés d'une raie lui dessinaient un sillon s'ouvrant du front jusqu'au sommet de la tête. Il portait un pantalon en gabardine gris et un veston de velours côtelé vert. Sous son veston, il avait enfilé une chemise blanche et mis un ruban noir noué à son col en guise de cravate. Il ne semblait nullement incommodé par la chaleur tropicale dans son costume duveteux datant de l'époque de la construction du manoir.

Et Victor, que je découvrais costumé de sa combinaison publicitaire, se présentait sous l'aspect d'un homme sans âge, coiffé d'une perruque noire de mauvaise qualité. Sous ses traits asiatiques, il s'exprimait dans un anglais dont l'accent me rappelait celui des Canadiens; c'est ce qu'il confirma en précisant qu'il était originaire de Colombie-Britannique et maintenant, médecin à la retraite.

Inspiré par son mentor Norman Bethune, Victor s'engagea volontairement pour venir en aide à ceux qui étaient de passage au manoir de Healing Hole. Il lui revenait la charge de trier sur le volet les quelques démunis susceptibles de convenir au guérisseur aquatique. Invités à baigner dans les eaux de Healing Hole, certains se firent marquer tandis que d'autres furent ignorés, voire même, rejetés. Délivrés à jamais de toutes insuffisances jusqu'à leur mort naturelle, les bénéficiaires marqués se rétablissaient rapidement grâce aux bons soins de Victor, tirant profit de ses compétences médicales.

Toutefois, une situation étrange se produisait depuis une dizaine d'années : les guérisseurs aquatiques avaient progressivement cessé de marquer les démunis. Généralement, les individus ayant été marqués revenaient d'une baignade qu'ils effectuaient dans la source de Healing Hole. Quant à moi, Victor m'apprit que mon cas était sans précédent : j'avais été rescapé directement en mer.

Fidèle à son serment, il ne me posa aucune question quant à ma provenance, ma percutante rencontre avec le guérisseur qui me marqua ou ma présence sur le rivage.

— Et vous voilà. J'espère de tout cœur que vous n'êtes pas le dernier des Mohicans. Il y a longtemps que le manoir n'avait pas eu le privilège de recevoir un invité marqué par un guérisseur. Votre arrivée annonce un nouveau départ pour Healing Hole.

D'une bienveillante politesse, Victor se dévoilait pour me rassurer tout en omettant volontairement d'exposer les détails de sa vie antérieure au manoir.

Pipelet, lui, se montrait laconique lors du repas laissant toute la place aux harangues auxquelles se livrait le médecin à la retraite bardé d'écussons publicitaires.

Quant à moi, je ne savais pas si je devais rire ou m'inquiéter, car je ne dédaignais nullement leur hospitalité, mais de là à croire de bonne foi aux miracles et à la vertu de leur sornette, il y avait une marge dont j'évitais de franchir le pas.

La sonnerie sourde de l'horloge ancienne résonna à travers le manoir, annonçant les douze coups de midi.

— Alors, ils existent, vraiment? Comment les avez-vous découverts?

— Être médecin ne vous met pas à l'abri de la maladie. Je n'aime pas faire de la politique, mais permettez-moi de vous dire ceci. La maladie est la seule chose démocratique dans la vie : elle s'attaque à quiconque sans discrimination. J'étais condamné tout comme vous. Les traitements reconnus et expérimentaux ne suffisaient pas. Une légende circulait à propos d'une source d'eau à Bimini qui possédait des vertus thérapeutiques. Toutefois, la fable ne faisait pas mention de mystérieux guérisseurs aquatiques. À bout de ressources et de recours, je fis le voyage jusqu'ici pour plonger dans les eaux de Healing Hole et en ressurgir marqué par un nouveau destin. Une fois guéri, je m'installais ici et pour le reste, vous connaissez l'histoire.

— Pourquoi avoir fait bâtir un manoir d'époque à l'apparence ancienne?

— Ce manoir existait bien avant mon arrivée. Il appartenait à son père, c'était lui l'architecte de ce bâtiment.

Je me tournai vers Pipelet afin d'observer sa réaction. Il leva les yeux jetant un regard terrible sur Victor.

— Je constate que notre ami s'est gardé de dévoiler son identité.

— J'allais le faire. J'attendais le bon moment pour lui dire.

— Il est vrai qu'il s'agit d'un témoignage stupéfiant.

Je m'impatientai devant la lenteur du dévoilement de l'insondable mystère, réclamant des explications sur-le-champ.

— Je suis plus âgé qu'il ne paraît. Je n'ai pas douze ans, j'ai cent soixante-douze ans.

— La belle affaire! Des bestioles aquatiques et maintenant un mutant insénescent. Vous auriez pu trouver mieux.

— Notre vieil ami a bel et bien cent soixante-douze ans. Ses cellules ne mentent pas, la science est formelle. Pipelet est atteint d'un syndrome raffiné et extrêmement rare. À l'inverse de la Progéria et du syndrome de Werner, où le corps vieillit prématurément, Pipelet met plus d'une dizaine d'années pour vieillir d'une petite année. Quant à son cerveau, il avait atteint la maturité d'un homme de trente ans alors qu'il était toujours au berceau. Ses cellules cérébrales ne présentent aucun signe de vieillissement ou d'altération. Dans un siècle, il aura atteint l'âge de la majorité.

— Vous êtes tous les deux fous à lier.

— Je comprends votre réticence. Mais n'étiez-vous pas gravement diminué avant votre arrivée? Ne sentez-vous pas que vous recouvrez la santé depuis l'inoculation?

— Je vais te prouverai notre sincérité.

Obstiné à confondre mon scepticisme, Pipelet insista pour m'amener au bassin de Healing Hole. À la nuit tombée, côte à côte, les lanternes dans nos mains projetaient de grands cercles blancs pendant que nous traversions le jardin par la cour arrière du manoir en empruntant un sentier qui menait jusqu'à l'orée de la forêt tropicale où s'ouvrait une profonde cavité dans la végétation dense du feuillage des arbres, comme s'il s'agissait de l'entrée d'une caverne.

J'étais envahi par la crainte de franchir seul avec cette sorte de monstre antédiluvien momifié dans un corps d'enfant l'étroit couloir obscur qui s'enfonçait dans l'inquiétante jungle possiblement peuplée d'horribles créatures sanguinaires tapies dans le noir, prêtes à bondir pour attaquer sa proie d'une violence animale. Je laissais entrer Pipelet en premier dans l'antre ténébreux pour me conduire à travers le tunnel sinueux jusqu'à notre destination. Pendant le trajet qui se prolongea d'un demi-kilomètre, des bruissements d'épouvante violaient le silence sinistre de la nuit par des cris stridents et sauvages qui déchiraient les tympans de mon âme apeurée. Harcelé par les démangeaisons que m'infligeait la marque sur mon bras, je me soulageai en grattant frénétiquement avec les ongles le contour de la plaie purulente.

Une fois arrivée au bassin, Pipelet me recommanda d'éteindre ma lanterne. Mes yeux s'habituaient peu à peu à l'obscurité. Puis sous la clarté vespérale émergea dans la pâleur de la nuit une partie du plan d'eau paraissant marécageux, encerclé de broussailles, ce qui rendait l'endroit presque inaccessible et inhospitalier, d'où on entendait au loin le ruissellement concentré du cours de la rivière. La piste s'achevait à l'entrée d'une plage exiguë qui bordait le miraculeux bassin d'eau.

Pipelet me fit signe d'approcher tout m'indiquant de prendre garde où j'allais poser les pieds. La lanterne à bout de bras, Pipelet éclairait sur le sol, pointait les traces dans le sable de trois cercles dont un grand au centre et deux petits cercles, l'un situé au-dessus et l'autre placé au-dessous. Ces configurations géométriques avaient l'apparence de diagrammes d'Euler dont le plus grand représentait l'extension et les deux autres, plus petits, les attributs.

Pipelet affirmait avoir esquissé ces dessins dans le sable. Il prit le temps de m'expliquer dans les moindres détails ces symboles mystérieux. Les échanges avec cette créature ne s'effectuaient pas de la même manière qu'avec les humains. On n'employait pas l'alphabet pour construire des phrases élaborées. Il s'agissait plutôt d'une écriture qui entremêlait l'idéographie et le hiéroglyphe.

« D'abord le grand cercle : il en faut toujours un pour ouvrir une idée. C'est comme commencer une phrase par une lettre majuscule. Les deux petits cercles à l'extérieur du grand cercle placé en sens horaire déterminent le temps », exposa-t-il.

Dans le petit cercle au sommet apparaissait un trait circulaire en forme de spirale représentant le soleil, alors que le second cercle, où le sable était aplani, représentait la lune. Ces deux petits astres placés sur une même ligne à la verticale illustraient le jour et la nuit, ce qui se résumait à dire *en tout temps* ou *toujours*.

Dans le grand cercle, des reliefs avaient été façonnés. Pipelet décrivit ces formes comme s'il s'agissait d'un récit, de mon propre récit. Un moulage désordonné évoquant ma personne et disposé dans l'axe des deux petits cercles signifiait que j'étais vivant de jour comme de nuit signifiant, en d'autres termes, que depuis l'intervention, j'étais bien portant.

Pipelet attira mon attention plus loin sur un autre grand cercle fraîchement tracé dans le sable encore humide. Il n'avait ébauché aucune de ces illustrations; un guérisseur avait fait ces dessins. Dans le grand cercle à proximité de ceux tracés par Pipelet, il y avait trois dessins ressemblants à des crucifix qui apparaissaient inversés et agencés de manière dispersée. Autour de ces crucifix, des lignes sinueuses superposées à l'horizontale couvraient tout l'intérieur du cercle. Pipelet me fit remarquer que les lignes sinueuses représentaient l'eau du bassin, les trois crucifix symbolisaient les trois guérisseurs dansant à la surface de l'eau, ce qui témoignait de leur joie de me savoir vivant. Pipelet qui semblait tenir le rôle d'estafette au service des guérisseurs de Healing Hole, se réjouissait d'annoncer qu'ils allaient venir à notre rencontre.

Devant la singularité des circonstances que représentaient ces dessins circulaires, je restais sceptique face aux voltiges mentales de Pipelet. Le vieillard-enfant se comportait véritablement comme un gamin pourvu d'une imagination féconde qui dépassait la réalité. Il prêtait à ces formes un sens inventé dont seuls les enfants décodaient le sens.

Ayant un esprit prosaïque, je ne vis qu'un jeu enfantin de créativité débordante. Il ne s'agissait que de paréidolies résultant d'une illusion optique. Je me souvenais de ce passe-temps de la petite enfance où je me couchais sur l'herbe les yeux rivés vers le ciel à regarder défiler les nuages qui prirent la forme d'objet. Mon jeune compagnon sénile interprétait non seulement ces illusions d'optique, mais y décryptait également des messages subliminaux.

— Je pourrai m'approcher, leur serrer la main?

— Ils n'apparaissent jamais aux humains. Peut-être pourras-tu en apercevoir un par ce clair de lune. Nous devons patienter sur la berge.

À son tour, Pipelet éteignit sa lanterne, pendant que nous espérions le moment fatidique, assis sur une bille de bois. Pipelet remarqua que je frottais énergiquement la morsure à mon bras; à voix basse pour ne pas effrayer la venue de nos invités, il me dit :

— Tu ne devrais pas y toucher, tu pourrais l'infecter.

— Je ne peux pas m'en empêcher, ça démange beaucoup trop.

— C'est bon signe, ça guérit. Tu me laisses voir cette marque?

J'allongeai le bras pour lui laisser voir cette morsure, qu'il considérait une marque, mais qui possédait certainement l'allure d'un cratère. Je voyais sur son visage une expression de détente; il souriait discrètement.

— Alors, je suis sur la voie de la guérison?

Pipelet se réjouit de m'apprendre tout ce qu'il savait concernant la marque sur mon bras. Il expliqua que les guérisseurs aquatiques laissaient une trace de taille à peine plus fine que la pointe d'une aiguille à coudre la soie. Ils infiltraient l'extrémité de leur langue dans l'hôte pour y pondre une larve, qui en se développant créait un nid de croissance sous l'angle d'une morsure. Cette marque prenait sur mon bras la configuration d'un sceau royal. L'inoculation était effectuée par le roi, pour lui assurer un successeur au trône des guérisseurs aquatiques. Ce privilège me fut accordé parce que je représentais un cas gravement démuni.

Pipelet confia qu'il avait de la chance de me compter comme son meilleur ami. Il éprouvait une joie immense de me voir désigné pour assurer l'avenir du clan des guérisseurs aquatiques du bassin de Healing Hole. Il me demanda de lui faire entièrement confiance et je dus obligatoirement m'en remettre à lui pour la suite des évènements. Insistant, il recommanda vivement d'éviter d'exhiber le sceau royal devant Victor.

Soudain, Pipelet releva la tête et coupa court à la conversation; interposant une main entre nous, il tendit l'oreille. Je fis de même en retenant mon souffle. En provenance du bassin se faisait entendre un bruissement d'eau qui approchait. Les guérisseurs aquatiques se tenaient à distance et il était impossible de les repérer sans lampe de poche. Selon Pipelet, ils allaient prendre fuite s'ils me repéraient. Ils manifestaient leurs arrivées par de multiples vibrations hydrauliques. Nous avions l'esprit dopé par l'adrénaline : l'excitation était palpable.

Pipelet prétendait que les guérisseurs aquatiques ne possédaient pas de cordes vocales. Ils possédaient toutefois l'ouïe. Ils savaient comment exploiter ce sens pour s'exprimer musicalement, ayant l'eau comme instrument, la déplaçant et la mélangeant à l'air.

Je présumai que j'assisterais au plus étonnant et excentrique concert qui soit. Au moment venu, je compris que l'on était à des années-lumière d'un concert rock, d'une prestation philharmonique ou d'une performance de jazz : il s'agissait plutôt d'un orchestre à émettre du bruit sans la moindre subtilité mélodique et dénuée de sens rythmique. J'imaginais une fontaine en panne fonctionnant par intermittence. Cela tenait davantage du phénomène de cavitation hydrodynamique, d'un écoulement de liquide à forte vitesse et de variations de la densité du fluide créant des ondes acoustiques. Une suite de sons insignifiants et singuliers : *des* pish-flic-flac-plouk-shwipe-ploppe à n'en plus finir. Mes attentes furent déçues : j'avais surestimé la valeur de cette performance qui, à ma grande déception, s'avéra cacophonique.

S'agissait-il d'une plaisanterie douteuse qui me désignait comme le dindon d'une farce? Comme on cherchait à duper les spectateurs par diverses stratégies lors de spectacles de prestidigitation, cette mascarade avait pour but de me subjuguer. Loin d'être crédule, je voulus en avoir le cœur net; incapable de rester en place, je me levai pour me précipiter vers le bassin afin de démasquer la supercherie. Les guérisseurs ressentirent sans doute la vibration de mes pieds approchant du basin et s'enfuirent précipitamment sans bruit, ne laissant que de légères ondulations à la surface de l'eau. Je supposai que je les avais aperçus; je désirais y croire. La marque au bras cessa de me démanger. Je me sentais apaisé, ravi et impressionné. Après tout, pourquoi ne pas y croire?

Je dormis la nuit entière avec les volets de la fenêtre ouverts. Un vent tiède et puissant virevolta dans ma chambre jusqu'au petit matin. Le soleil levant chassa la brise nocturne, transformant ma chambre en un bain de vapeur. La sueur perlait sur mon corps; l'humidité raviva les démangeaisons de la morsure.

Sans chercher à sortir de mon sommeil, de mes ongles, je grattai compulsivement et avec vigueur le contour de la marque qui, selon Pipelet, semblait se cicatriser. Mes doigts se butèrent à une forme oblongue et gélatineuse. Affolé par cette horripilante découverte, je m'éjectai du lit et me précipitai à la salle de bain afin de voir ce dont il s'agissait.

Face au miroir, j'observai le reflet d'une excroissance apparue sur mon bras durant la nuit; elle sortait de quelques centimètres de la marque. Je luttai pour contenir la panique qui s'emparait de tout mon être affreusement décontenancé par ce spectacle affligeant. Entièrement terrifié par ma découverte, je quittais ma chambre au pas de course pour aller trouver de l'aide auprès du médecin.

Je frappai énergiquement à coups de poing sur la porte de sa chambre. Une autre porte s'ouvrit. Derrière moi, j'aperçus Pipelet dans l'antre de sa porte : il était en sous-vêtements longs de son siècle et me scrutait d'une mine boudeuse. Je ne requis nullement son aide et je ne parus aucunement tenir compte de sa recommandation d'éviter de montrer ma marque à Victor.

Au bout d'un long moment, le médecin, toujours vêtu de sa combinaison, ouvrit finalement la porte. Sans ajouter un mot à l'image grotesque que présentait mon visage angoissé, Victor remarqua que je n'allais pas bien du tout. Il pencha la tête en direction du couloir.

— Tout va bien! N'est-ce pas, Pipelet?

Pipelet restait debout dans l'antre de sa porte. Victor lui signifia d'approcher d'un geste avec la tête. Ce dernier s'avança afin d'ausculter la monstruosité que je dissimulais sous ma main. Sitôt avait-il fait un pas vers moi que je le repoussai brutalement.

— Vous allez m'expliquer ce qui m'arrive.

— D'accord. D'accord! Venez vous asseoir.

Je posais mon séant sur un long banc de bois dans le vestibule du premier étage qui surplombait le grand escalier central. Pipelet, dont je n'avais pas trahi la confiance, se joint à nous en prenant place très près de moi, tandis que Victor préférait rester debout.

— Vous le saviez depuis le début ce qui allait m'arriver?

— Je dois avouer que nous espérions ce résultat. Cette protubérance prouve hors de tout doute que l'inoculation est une réussite. Vous êtes en vie, car ce parasite s'alimente de votre affection, ce qui a pour effet de vous rétablir. Et au moment où il n'y aura plus aucune trace d'altération, cela signifiera que le parasite est parvenu à maturité. Il se séparera de vous et retournera dans le bassin de Healing Hole poursuivre sa croissance et devenir à son tour un guérisseur.

— Comment est-ce possible? C'est une abjecte aberration!

— L'existence est abjecte. Et, la vie est une formidable aberration!

Comme tous les médecins que j'avais rencontrés, Victor ne se privait pas d'émettre son avis et de formuler des commentaires personnels sur un grand ensemble de sujets. Il se lança là dans une harangue théorisant les lois de l'univers.

Il expliqua d'abord que la vie était une anomalie cosmique, un accident moléculaire qui avait provoqué une réaction en chaîne, une erreur devenue incontrôlable. Depuis la première impulsion, rien n'allait ralentir la vie et rien n'allait y mettre un terme. L'unique destin réservé à la vie était sa consécration à la reproduction afin de s'assurer de ne jamais disparaître. C'est à quoi la vie s'employait depuis le commencement et les recommencements des temps afin de se diversifier, évoluant sous plusieurs espèces, ce qui lui permettait de s'adapter à de multiples conditions dans des environnements les plus divers.

— Voilà où nous en sommes, deux espèces distinctes s'associant pour leur survie.

Je souhaitai l'entendre faire la démonstration du raisonnement qui lui permettait de qualifier l'existence de répugnante. Plutôt que de tirer des conclusions sans nuances et d'argumenter sur la détermination individuelle, il préféra éluder le sujet et se comporta comme un scientifique, poursuivant son dithyrambe du vivant.

— Oubliez l'immorale xénothérapie qui permet la transplantation d'organes entre deux espèces biologiques différentes! Je vous parle ici de transgénèse animale. Une biothérapie révolutionnaire d'aide applicative médicale. Exactement comme font les sangsues *Hirudo midicinalis* dans le cas de traitements chirurgicaux pour réparer les micros vaisseaux sanguins, ou encore la larvothérapie dont les asticots se nourrissent de chair nécrosée d'une plaie pour en assurer la cicatrisation. Ce n'est pas l'existence de l'homme individuel qu'il faut préserver, c'est son espèce.

Je retournai dans ma chambre pour ressasser le fatras d'idées saugrenues que venait d'implanter Victor dans mon esprit. Cette situation à faire froid dans le dos donnait lieu à de profondes réflexions. De multiples images horrifiantes me traversèrent l'esprit dont la plus obsédante se caractérisait par la dimension étonnante de ce corps étranger qui habitait le mien. Il ne s'agissait pas du virus du papillome humain prenant la forme de verrues, du microbe pathogène de la rubéole ou de bactéries proliférantes mangeuses de chair, mais d'un effroyable monstre parasite. Les révélations sordides de Victor me sonnèrent comme un coup de massue. Mon cœur battait la chamade. Pour la première fois, je craignais le pire pour ma vie.

Quelqu'un cogna à ma chambre, puis ouvrit la porte sans que je l'aie autorisé à entrer. Pipelet se présenta, courant jusqu'à mon lit, où je reposais tétanisé par la peur, les doigts crispés autour du bras gauche, comprimant mon biceps comme un garrot.

— De la part de Victor. Une pommade pour empêcher que ça gratte.

Il lança en l'air un petit pot qui atterrit mollement sur le lit avant de s'élancer lui-même et se laisser tomber lourdement à quatre pattes sur le grand lit. Il se rua vers moi en se déplaçant de manière étrange dans l'intention de me soutirer un sourire. Remarquant que je n'étais pas amusé, il se releva sur les genoux pour continuer d'avancer vers moi.

Il profita de ma proximité pour me témoigner du soutien et m'apporter un réconfort empathique. Il dégagea son petit bras pour enlacer ma nuque; il s'assit ensuite soudain, laissant son bras glisser le long de mon épaule. Il releva son torse pour s'asseoir à mes côtés; il était si près que nos coudes se touchaient.

La présence de Pipelet me fournit suffisamment d'assurance pour que j'ose jeter un coup d'œil à la morsure. Je ne possédais pas la force d'affronter seul la vision de cet être vivant, car je craignais le pire. La frayeur me frappa de plein fouet. Ce que je redoutais tant se produisait. La petite protubérance de forme oblongue sous laquelle se réfugiait la larve se muait en parasite qui prenait de l'ampleur, croissant d'au moins quatre centimètres. Parcouru sur tout le corps par une chair de poule hérissée, je serrais les dents et me calais profondément dans le lit.

— Tu as bien fait de ne pas montrer la morsure à Victor.

— Je ne comprends pas : c'est un médecin après tout. Pourquoi faire autant de mystère?

— Victor a envie de pratiquer des expériences sur toi dans son laboratoire. Il va te découper en morceau comme il l'a fait avec...

Pipelet se tut subitement puis se mordit la lèvre. Je reconnus sur son visage cet air confus comme celui qu'il avait eu en m'appelant « mon petit gars ». Cherchant à éviter de se justifier parce qu'il en dit trop, il s'esquiva sans offrir la moindre réponse.

J'abandonnai immédiatement mon garrot pour lui empoigner le bras. Possédant un net avantage physique sur sa force d'enfant-vieillard, je resserrai ma poigne sur son petit bras, l'intimant à me dévoiler son secret. Pipelet se démenait sauvagement, réclamant à perdre haleine de le relâcher. Ce qu'il ignorait, c'était qu'il n'y avait pas plus obstiné que moi sur terre. Ma main crispée autour son petit bras prouvait que j'étais déterminé à ne pas lâcher prise tant qu'il n'avouerait pas ce qu'il me dissimulait.

— Tu me fais mal, lâche-moi!

— Dis-moi ce que tu sais!

« Il y a une résidente, en bas dans son laboratoire », avoua-t-il. La nouvelle me stupéfia. Sous le coup de l'émotion, ma main desserra son emprise. Pipelet subodora l'occasion de se libérer. Je n'avais pas retiré ma main qu'il se dégageait du piège, aussi vif qu'un animal craintif reprenant sa liberté. Vitupérant hargneusement à tout vent, Pipelet déguerpit au pas de course en frottant son bras rougi par l'empreinte de ma main laissée sur son épiderme.

Je compris davantage la réticence de Pipelet à l'endroit du médecin. Tous ces logos d'entreprises bardant la combinaison de Victor démontraient que ses recherches étaient soutenues par des conglomérats en biochimie. S'il usait de bienveillance envers moi, c'était pour mieux s'accaparer de mon parasite et le livrer en pâture à la science qui allait se charger de le découper au scalpel, le broyer au mortier, le laisser moisir dans une boîte de Petri avant de l'analyser au microscope pour finir par l'encapsuler, et le vendre sous ordonnance pour un prix prohibitif. Il n'en fallut pas davantage pour piquer ma curiosité : je quittai ma chambre pour chercher cette mystérieuse résidente retenue prisonnière contre son gré.

Au moment où je m'engageais dans le grand escalier, Victor se matérialisa sur une marche se tenant debout, une main posée sur la rampe : je lis sur son visage un air inquiet.

— Qui y a-t-il? J'ai entendu des cris.

Je déboulai les marches quatre à la fois, fonçant sur Victor les poings fermés.

— Vous entendrez vos propres cris si vous ne libérez pas cette résidente que vous gardez en captivité.

— Restez calme. Je suis médecin, je cherche à la sauver.

— En la séquestrant dans votre laboratoire?

— Ne tirez pas de conclusion hâtive. Permettez-moi de vous expliquer la situation.

Attaquant Victor sur tous les fronts j'espérais le voir craquer sous la pression, mais il restait impassible, il conservait son attitude habituelle à la fois flegmatique et courtoise. Plutôt que de contre-attaquer, Victor me proposa de le suivre afin de prouver la véracité de ses paroles. Dissimuler le mystère des guérisseurs aquatiques de Healing Hole exigeait du tact et de la discrétion. Pour cette fois, seulement, il consentait à divulguer l'état de santé de la résidente, faisant une entorse à son code de principe, trahissant du coup la règle de préserver l'anonymat et l'intimité de ses invités. « Elle est plongée dans une sorte de léthargie depuis que nous l'avons recueillie au manoir. Son examen a révélé un corps malingre qui présentait des blessures et des lésions », déclara-t-il. Il avait essayé de la baigner dans le bassin de Healing Hole pour la sauver, mais en vain : elle fut écartée par les guérisseurs.

Nous traversions le salon et je croyais, une fois rendu au fond de la pièce, que Victor allait faire pivoter le bibelot accroché au mur et que le foyer au centre de la pièce se déplacerait latéralement, ouvrant l'accès à un passage secret dans les dédales du manoir jusqu'au laboratoire de Victor. Contrairement à ce que j'imaginais, c'était vers une porte au fond du salon cachée derrière des tentures en velours que Victor me fit signe de le suivre.

Au moment d'entrer dans la pièce adjacente au salon, un parfum saisissant m'irrita la trachée : un mélange d'odeur de désinfectant et de produits médicaux flottait dans l'air. Cet espace mal éclairé que je présumais être un laboratoire se révéla être, au moment où Victor tournait l'interrupteur de la puissante lumière électrique, une salle de chirurgie avec deux lits d'hôpitaux. J'étais médusé de constater soudainement tant de modernité.

— Une brave fille.

Je m'approchai de la résidente inconsciente allongée sur l'un des lits sous un drap blanc qui la recouvrait jusqu'aux épaules.

— Elle est reliée à la vie par cet appareil qui respire à sa place.

En posant les yeux sur le visage de la résidente, le sol se déroba sous mes pieds : sous les boursouflures et la tuméfaction de son visage, je reconnus Sciota. Mal à l'aise de la voir abîmée sur son lit, une marée soudaine de sentiments douloureux inonda ma poitrine. Son insaisissable sublimité perdit son éclat; la lumière qui éclairait sa beauté ne brillait plus. Je caressai la partie intacte de son visage qui laissait paraître une peau diaphane. L'autre partie était parsemée d'affreuses ecchymoses, causées par sa chute, tête première au bas de l'échelle sur le croiseur.

— Sciota!

— Vous la connaissez ?

— Évidemment. Elle était avec moi sur le croiseur quand l'ouragan nous est tombé dessus.

— Techniquement, elle est morte.

— Pourquoi l'avoir découpée ainsi ? Vous êtes un monstre.

— J'ai pratiqué des interventions chirurgicales majeures pour la sauver. Vous vous trompez, ce n'est pas moi le monstre.

— À quoi bon de trouver le coupable, rien n'y changera.

— Rien ne sert de le dissimuler votre morsure. À voir la vitesse à laquelle il croit. Il est clair qu'il s'agit d'un parasite royal.

— Vous voulez l'extraire de mon corps pour en faire des comprimés.

— Loin de là ! Je suis un médecin chercheur et non pharmacien.

Il poursuivit, cédant du bout des lèvres une partie du mystère entourant sa présence au manoir. Il avait décelé dans le pouvoir des guérisseurs une occasion d'affaires. Il avait pris en charge et restauré à neuf le manoir délabré et négligé par son propriétaire ; cela lui offrait un lieu où exercer ses recherches sur le pouvoir curatif des guérisseurs aquatiques. La nouvelle résidence alla profiter à Pipelet de nombreuses décennies, et même survivre à Victor.

Il exposa la motivation réelle qui poussait Pipelet à préserver le parasite royal. Le roi s'éteignait. Un nouveau roi allait lui succéder pour assurer la survie et la pérennité des guérisseurs.

« À grand pouvoir, grand sacrifice », vaticina-t-il.

Pipelet n'avait pas dévoilé tout ce qu'il savait à propos de cette larve royale. Délibérément, il avait écarté un fait important : le sort qui m'était destiné. À l'encontre de sa communauté, le roi des guérisseurs ne se reproduisait que très rarement et de manière funeste. À cause de son ascendance royale, le parasite rendu à maturité ne se détachait pas de son hôte comme les parasites de caste inférieure. Au lieu de cela, le parasite royal allait renverser les rôles : privé de ressources à digérer, il devenait l'hôte, et l'hôte lui servait de garde-manger. J'incarnais cet hôte exemplaire dans lequel les ramifications du parasite s'avéraient profondes et nombreuses. Il ne se libérait pas tant que l'enveloppe corporelle n'atteignait l'état de putréfaction.

— Vous n'avez aucune chance de vous tirer d'ici vivant.

Victor alléguait que Pipelet complotait pour le tenir à l'écart. Il craignit l'influence que pouvait exercer un médecin qui en connaissait long sur la vie des guérisseurs. Pipelet se rendait sympathique pour gagner ma confiance. Et en me mettant dans la confidence, il s'assurait de ma loyauté envers lui, ce qui mettait Victor hors service.

Je me penchai sur le visage de Sciota quand je sentis le poids de la main de Victor peser sur mon épaule.

— En sacrifiant votre vie pour le parasite royal, vous sauverez le futur roi des guérisseurs aquatiques qui à son tour, la sauvera. Pipelet fera de votre amie une compagne idéale.

N'ayant rien à lui reprocher, je n'en appréciais pas davantage son contact. Je retirais aussitôt l'épaule et son bras retomba.

— Partez. Laissez-moi.

Pendant que Victor s'en retournait, disparaissant dans le couloir, je retirai le masque à oxygène qui couvrait la bouche de Sciota. Je voulais l'étreindre une dernière fois. Vulnérable et démuni, le frêle souffle qu'elle expira se dissipa avant d'atteindre le bout de ses lèvres livides. Je ne cherchais pas à me venger, je lui offrais la possibilité d'échapper à la simplicité existentielle qui la guettait.

L'entourant de mes bras, je saisis son corps, l'arrachant à son lit, pour m'asseoir sur le sol avec elle. Elle cessa de respirer. Je la tins contre moi. Une douleur vive m'étrangla. La gorge nouée, j'étouffais sous de suffocants regrets qui oppressaient ma poitrine.

Au-delà de mes incertitudes et de mes contradictions, je sus dès l'instant où je la vis au *Hippocrate Institute* que je voulais l'aimer. En dépit qu'elle en soit venue à un cheveu d'attenter à mon intégrité physique pour marchander ma dépouille, je lui pardonnais tout. Nous partagions de nombreux points communs de nos existences, mais la vie imparfaite finissait par gagner son pari, celui de nous rendre incompatibles jusque dans la mort.

Personne ne vint perturber notre morbide quiétude. Le chagrin laissa place à la rage. À voir les dix centimètres que mesurait le parasite, beaucoup de temps s'était écoulé sans jamais voir Victor porter attention à celle qu'il soignait. D'une précaution respectueuse, je déposai délicatement le corps de Sciota sur le sol avant de la recouvrir entièrement d'un drap de lit. Debout sur mes deux pieds, je me détournai de la dépouille pour quitter la pièce, et, d'un pas vif et hardi, je repris à sens inverse le chemin qui menait au salon.

Le salon baignant dans une lumière agonisante, des lampes à l'huile de houille laissaient échapper dans l'air quelques filets de suie. Dévoré par l'anxiété, j'errais dans le salon tentant de réfléchir à ce que je devais faire pour préserver ma vie, quand je remarquai le parasite reprendre vie. Il frétillait et se secouait comme chien cherchant à se débarrasser d'un surplus d'eau mêlée à son pelage.

Émergeant de l'ombre, Victor apparut, le visage couvert de sueur, comme si le climat tropical des Bahamas l'avait transformé en amok.

— Ne laissez pas la mort vous délivrer de la vie. Je ferai tout en mon pouvoir pour vous éviter de souffrir. En offrant votre corps à la science, les nécessiteux n'auront plus à espérer d'être sauvés par les guérisseurs. C'est à la science de disposer des bienfaits.

Du coin de l'œil, je l'aperçus marcher subrepticement dans ma direction en me menaçant de la lame de son scalpel qu'il tint dans sa main.

— Qu'est-ce que vous faites?

— Vous allez me suivre jusqu'à mon laboratoire.

— Je n'irai nulle part avec vous.

Des mouvements résonnaient dans le manoir. Des bruits suspects sous des pas lents et prudents provenaient du parquet. Déchirant le silence inquiétant de la nuit, les hurlements de frayeur des femmes de chambre, des cuisiniers et du majordome retentirent à travers le manoir. Des portes claquaient, des meubles déplacés et des objets projetés se brisaient sur le parquet. Tout à coup, le branle-bas cessait net, il n'y avait plus aucun signe de manifestation, il n'avait qu'un silence insupportable.

Victor repéra les portes du salon laissées grandes ouvertes. Son pied s'enfonça dans les fibres mollettes de la carpette, mais en-dessous le lambris du parquet émit un grincement annonçant notre présence au salon. Victor retenait son souffle. Un son de pas de course indiquait qu'on se dirigeait vers nous.

Victor s'élança sur les portes du salon pour les refermer. À peine les serrures rejoignirent-elles les trous de verrou que Victor bondit violemment en arrière. Pipelet passa les portes du salon en premier, escorté par une horde d'êtres étranges. Il rameutait autour de lui des êtres humanoïdes sans vêtement, émasculés et dont l'épiderme glabre paraissait gris et luisant comme la peau des dauphins. De leur tête n'apparaissaient que deux yeux noirs; ils possédaient une membrane au niveau du nez qui s'étirait jusqu'à leur menton, cachant ce qui pouvait être une bouche. Ils possédaient une musculature développée et saillante; leurs mains larges et leurs longs pieds presque palmés paraissaient évidemment mieux adaptés pour la vie sous-marine que la vie terrestre.

L'un d'eux soutenait mon regard. Je le reconnus : c'était celui qui m'avait inoculé et maintenu en vie sur un amoncellement de détritus de plastique et de mousse, flottant sur l'océan Atlantique à la dérive jusqu'à la mer des Caraïbes.

— N'écoute pas ce que raconte Victor, il veut se servir de toi. Viens avec nous pour que ton parasite puisse vivre dans le bassin de Healing Hole, ensuite tu feras ce que bon tu voudras.

— Je n'irai pas avec toi, Pipelet. Je ne fais confiance à aucun d'entre vous.

— Il est à moi!

Pressentant le coup, je freinai Victor dans son élan, qui voulait me prendre en otage avec son scalpel, en lui portant à la gorge un crochet du droit. Victor s'écroula sur le sol étouffé par son larynx fracturé. L'énorme parasite fixé à mon bras se mit à tressaillir, surexcité par la cohue.

J'avais déjà fui quand Pipelet s'écria « Il faut le ramener! » Lourdement, les guérisseurs se lancèrent à ma poursuite. Ralentis dans leurs déplacements par leurs grands pieds, je les devançai aisément, mettant peu de temps à leur échapper. Quant au parasite, il ne cessait de gesticuler et de soubresauter.

Finalement, je réussis à les semer totalement en empruntant le grand escalier, dont les marches ne grincèrent heureusement pas sous mon poids. Le feu aux trousses, je montai me réfugier discrètement derrière la porte close de ma chambre. Je repris mon souffle, tandis que le parasite démontrait des signes d'agitations incontrôlables. Je me résignais à contrecœur à regarder en face ce parasite ensaché sous une membrane translucide. Il avait tout l'air d'une anguille enveloppée dans un boyau d'intestin servant à faire des saucisses. Il atteignait maintenant les douze centimètres. Il surgissait de mon bras dressé sur sa queue comme une anguille enfoncée dans ma chair. Subitement, il ouvrit un œil interloqué. Il me supputait, dressé sur son corps allongé, battant rapidement de la paupière comme s'il cherchait à reprendre ses esprits. Son œil interloqué croisa mon regard subjuguer par sa présence insolite relié à moi.

Mon attention fut retenue soudainement par le grincement des lambris du parquet émanant du couloir de ma chambre. Je courus me réfugier à l'intérieur de la salle de bain pour m'enfermer à double tour. Je ne savais plus quoi penser. Je cherchais désespérément une solution adéquate pour rester en vie. Si Pipelet disait vrai, le parasite allait se détacher de lui-même et je n'avais qu'à leur remettre. Si Victor disait la vérité, mes organes allaient être pompés par ledit parasite.

Mon regard affolé croisa une fois de plus celui de l'effroyable parasite. J'encerclai la main à la base de son corps, le plus près possible de mon bras. Je refermai la main pendant qu'il se débattait vigoureusement. Une fois la monstruosité bien en main, je tirai sec pour l'extraire de mon bras. Sans succès. Une main n'étant rien de suffisant pour extirper la bête, je pliai le coude afin de m'aider à tirer de l'autre main. Animé d'un urgent besoin de vivre, je tirai sur la monstruosité retenue par mes entrailles tant elle était bien agrippée. Tirant de toutes mes forces à l'aide de mes deux mains, des effusions de sang jaillissaient de la marque. Je redoublai d'ardeur en tirant d'un coup sec sur le parasite qui se rompit enfin, déchirant profondément ma chair sanguinolente.

Je me débarrassai du parasite inanimé dans la cuve des toilettes. Je me laissai tomber sur le carrelage de la salle de bain. Pour contenir l'hémorragie, je gardai serrée contre moi la plaie saignante.

— Je ne suis pas né pour mourir. Je suis né pour vivre.

13

LA BOÎTE DE PANDORE

Ils cognaient frénétiquement leurs jointures décharnées sur la porte, ce qui faisait résonner le bois massif de petits chocs secs et vifs. La voix des vieux propriétaires inquiets réclamant leur loyer impayé se mêlait au vent qui soufflait des rafales de neige. Ils n'obtinrent aucune réponse. Je me trouvais enfermé, presque exsangue, gisant sur le carrelage de la salle de bain. Leur trousseau contenait les clés de tous les logis et ils mirent peu de temps à trouver celle de ma serrure.

J'occupais une chambre du rez-de-chaussée d'un bâtiment unique. Imaginé par l'architecte Arthur Heineman en mille neuf cent vingt-cinq, le *motor-hotel* allait permettre aux vacanciers de se garer devant la porte de leur chambre afin de faciliter l'accès au coffre de leur automobile.

C'était avant, quand la route principale était la seule voie qui traversait le canton et celui d'après. Bien avant qu'ils aient déversé des téralitres de bitume au milieu des champs pour que l'autoroute express devienne la nouvelle route principale.

À une époque révolue, ce motel, qui affichait aujourd'hui *Vacancy*, a accueilli de nombreux voyageurs de passage sur la route principale qui s'étirait devant l'enseigne. Lors de leur halte routière, chacun trouvait son compte dans le mobilier estival fabriqué en bois solide et en fer robuste.

Les enfants s'emparaient de l'aire de jeux pour se divertir. Tour à tour, d'un jeu à l'autre, tous s'amusaient, s'employant à polir le toboggan, à s'élever en l'air dans le va-et-vient de la balançoire et à essuyer dans le rire les douleurs au postérieur causées par le tape-cul à bascule.

Les plus âgés envahissaient la table de pique-nique, où d'autres vacanciers se trouvaient déjà pour se restaurer au grand air. Les habitués recouvraient la surface d'une nappe à carreaux sur laquelle était déballé le repas, normalement constitué de sandwiches garnies de charcuterie grasse soigneusement débarrassées de leurs croûtes, accompagnées de sapides *chips* huileuses au gout salé ou vinaigré. La glacière débordait de sodas rafraîchissants aux essences de cola ou de lime. Était-il possible de conclure un repas sans le dessert? Les dents sucrées ne résistaient nullement à la tentation d'une génoise industrielle. Une pâtisserie au parfum de vanille artificielle fourrée d'une riche crème à base de gras trans et de sirop de maïs ensachée individuellement dans un cellophane.

Le motel et son mobilier estival avaient connu leur âge d'or. En fermant les yeux, on pouvait toujours imaginer l'arôme des aliments émanant des tables et entendre l'ouvre-boîte perçant le fer-blanc des boîtes de sodas, le vrombissement des rutilantes voitures sur le *parking* mêlé aux rires des enfants s'amusant dans l'aire de jeux.

Les automobilistes de la vieille route principale ne s'arrêtent plus après quinze heures pour louer une chambre pour la nuit et la quitter le lendemain avant les dix heures pour poursuivre leur voyage.

Le motel a été vendu depuis et les chambres ont été transformées en résidences permanentes meublées avec un coin cuisine. Les résidents n'ont aucun penchant pour le plaisir des repas au grand air. Pour la plupart, ces logis représentent un toit de dernier recours. Ces locataires en transit sont souvent désespérés et se tiennent généralement cloîtrés; ils ne sont pas d'humeur à fréquenter le mobilier de plaisance, faute d'intérêt.

Délaissées, l'aire de jeux et les tables à pique-nique sont devenues un théâtre désolant et surréaliste. La surface de glisse oxydée par les intempéries donne à l'escalier du toboggan l'allure d'un échafaud. Dépourvues de sièges, les balançoires ne sont plus que des cordes aux extrémités effilochées qui palpitent au vent comme les bras du classique fantôme au linceul blanc. Au final, il ne reste du tape-cul à bascule qu'une partie inclinée, tel un tremplin pour sauter dans le vide.

Les nouveaux propriétaires, deux vieux messieurs occupant le pavillon central, ont fermé les yeux sur la décrépitude du mobilier estival. L'idée d'investir un sou noir pour l'entretenir paraissait leur déplaire tout autant que de s'attaquer à se débarrasser des vestiges du mobilier. Ce, qui une fois, la besogne faite, aurait nettement rehaussé l'aspect déjà sinistre des lieux. Ils ont démontré des aptitudes sans pareil pour la gestion, déléguant à Dame Nature la responsabilité d'en disposer elle-même.

Il y a nécessairement ce petit garçon que j'aperçois à la fenêtre de son logis. Je crois que s'il avait eu la possibilité de jouer dehors, il aurait franchement préféré l'aire de jeux aux visites clandestines du livreur de mets chinois. L'enfant impuissant à la fenêtre passe son temps à regarder le mobilier se dégrader aussi rapidement qu'il se fane lui-même.

Avant d'occuper mon logis dans l'ancien motel, je vivais dans une famille d'accueil chez un couple sans enfant qui vivait d'allocation d'aide sociale de l'État. Je venais à peine d'atteindre la majorité quand j'ai réussi me faire embaucher à l'usine de recyclage. Quand j'ai touché mon premier salaire, j'ai donné de l'argent pour payer une pension à la femme, mais son mari a exigé sa part. Il ne m'a rien laissé. La semaine suivante, il n'était plus question de le laisser voler mon salaire d'ouvrier pour qu'il aille s'acheter des cigarettes et son *beer pack*. Je ne suis pas retourné vivre dans cette famille d'accueil.

Autrefois, ça ne prenait qu'une quinzaine de minutes pour faire la route entre la maison et l'usine de recyclage dans la zone industrielle à la sortie de la ville. Maintenant, la distance ainsi que l'itinéraire me séparant de mon logis à l'usine sont considérables et laborieux. À l'aller et au retour, je marche, beau temps mauvais temps, les trois kilomètres qui me séparent du *motor-hotel* à l'arrêt de bus, sur la voie de desserte. Ce bras de route qui sert à ramener dans le droit chemin de l'autoroute les chauffeurs égarés.

À mon premier matin au travail, un autobus s'immobilisa à l'intersection. Les portes s'ouvrirent devant moi. Assis derrière le volant, du haut de son habitacle, la main sur la poignée, le conducteur du bus me mesura un long moment. Mais au lieu de me laisser monter, il me refusait l'accès. Puis, il annonçait qu'il n'y avait aucun service de bus dans ce trou perdu. Je lui exposai ma situation et il prit le temps de m'écouter. Malgré le fait qu'il n'y aura jamais de service de transport collectif ici, le conducteur accepta de me prendre à bord pour me véhiculer quotidiennement de l'intersection de la voie de desserte jusqu'à ma destination au terminus, et le soir de reprendre le chemin à sens inverse.

J'estimais l'amabilité de cet inconnu, afro-américain, qui usait de déférence à mon endroit. Les blancs agissent-ils avec autant de courtoisie envers leur concitoyen au teint marron? Cet homme ne se souciait pas le moins du monde des différences raciales, pas plus que moi, car nous étions préoccupés par notre propre survie.

Provenant du côté nord de l'ancienne route principale, il empruntait chaque jour au volant de son autobus la voie de desserte pour aller et revenir de son travail. Sa tâche consistait à transporter de jeunes étudiantes et il effectuait la navette entre le collège privé et le terminus d'autobus du centre-ville.

À peine âgé de quelques années de plus que moi, il était marié à une femme qui restait à la maison pour élever leur fille unique, qu'il quittait le matin pour les retrouver en soirée. Pour le remercier de me conduire, je lui rapportais fréquemment des revues de voyage abondamment illustrées pour lui permettre de tuer le temps entre les allées et venues des jeunes passagères.

J'ai emménagé à la fin de l'été. À cette période de la saison, cela a été facile de marcher en bordure de la voie de desserte. Mais quand l'automne est apparu, c'est devenu ardu de parcourir le trajet sous diverses intempéries. Pendant mon quart à l'usine, je dus endurer l'inconfort de travailler debout plusieurs heures d'affilée, trempé des os jusqu'à la moelle, les chaussettes mouillées dans des bottes imbibées d'eau de pluie. La satisfaction qu'allait procurer mon chèque de paie me faisait oublier mes interminables journées transies et les tours de rein causés par les coups de froid.

Je mets beaucoup plus de temps à remonter et à descendre la voie de desserte à pied parce que le mauvais temps automnal m'accable d'atroces maux de dos. Je rapporte du travail moins de revues; même le conducteur d'autobus a vu sa part diminuer. Ce dernier comprend fort bien ma situation puisque le fait d'être lui-même contraint de rester assis de longues heures lui cause parfois de lancinantes courbatures. Il n'a pas soufflé un mot sur le remède dont il fait usage pour soulager son mal. Sans doute à cause des assurances : le fait qu'il soit derrière un volant ne lui permet pas d'en faire usage. Ne cherchant pas à heurter la sensibilité de cet homme affable, consciencieux et bon père de famille, j'ai détourné la conversation vers un autre sujet, pour éviter de lui demander s'il connaissait l'adresse d'un *pill mill* dans les parages, car je songeais à me procurer de l'oxycodone afin de soulager mes douleurs lombaires.

Balayée par le vent, la neige accumulée s'entassait dans le coin de la porte extérieure de mon logis. Il n'y avait aucune trace de pas imprimé dans la neige à l'entrée laissant présager une présence. Soucieux de perdre l'argent du loyer, l'un des propriétaires avait déneigé le parvis avec son pied avant de tourner le double de la clé dans la serrure et d'enfoncer la porte pour s'introduire dans mon logis. En pénétrant dans la chambre du motel transformée en habitation permanente, les deux propriétaires s'attendaient à trouver la tête de lit logée le long du mur, le fauteuil confortable à sa place, la commode de vêtements soutenant un téléviseur où quelques babioles personnelles traînaient ici et là. Au fond du logis, d'un côté se situait une salle de bain fermée, de l'autre, une cuisinette meublée d'une petite table et de deux chaises. Les deux vieillards stupéfaits constatèrent que le logis n'était plus identique à celui loué à la signature du bail. Ils découvraient avec stupeur un logis métamorphosé. Des masses de revues couvraient le sol. Du mur au plafond, tout était entièrement tapissé de photos et d'articles découpés provenant de magazines.

Je n'ai pas d'argent pour payer une voiture pas plus que je n'ai les moyens de m'offrir ordinateur et téléphone portable. Ce que je gagne au travail suffit tout juste à couvrir mes mensualités. Les divertissements auxquels je peux accéder, je les ramasse sur la courroie du convoyeur.

Chez moi, le soir, après le travail, j'entame une pile de magazines avec une paire de ciseaux. Tout y passe : mode, science, affaire, voyage, politique.

Je lis chacune des rubriques et ne retiens que l'essentiel; je découpe les articles instructifs que je colle sur une surface disponible de mon logis. Tout ce que je sais, tout ce que je connais, je l'apprends en lisant ces innombrables revues de tout acabit.

Privé d'accès au rêve américain, je peux au moins m'en rapprocher en esprit. J'ai lu dans une revue qu'un Français du nom de Proust avait dit déjà : « *Il vaut mieux rêver sa vie que la vivre, encore que la vivre, ce soit encore la rêver.* » En feuilletant les pages de mes revues, je me pris à m'imaginer endosser l'existence glorieuse de ces personnes qui apparaissent sous mes yeux. Le soir pour m'endormir, je ferme les yeux et je m'invente un scénario où j'incarne souvent le même personnage au profil professionnel célèbre. Je construis un monde allégorique dans lequel les acteurs, des gens de mon entourage, jouent des rôles fictifs. Engourdi par mes songes, peu à peu, je m'enfonce dans un profond sommeil hypnotique et délicieux.

Ce soir-là, plutôt que de rentrer directement après ma journée de travail, j'ai accompagné le conducteur de l'autobus dépêché à effectuer une livraison express. Une collégienne à escorter jusqu'à son domicile moyennant une somme d'argent passablement importante pour faire dévier le conducteur de sa route habituelle. La jeune fille en uniforme m'a semblé entourée suffisamment d'amour de ses parents pour avoir le privilège d'être reconduite à la porte de son domicile en autobus. Elle a trimbalé, retenu à son épaule par une longue courroie, un énorme sac fourre-tout duquel elle a sorti son téléphone intelligent, relié par le cordon aux écouteurs enfoncés dans ses oreilles. Lors du long trajet, elle n'a levé les yeux une seule fois de l'écran à partir duquel elle a entretenu des correspondances par messagerie. À l'écart, au fond du bus, pratiquement caché derrière le dossier du banc, je l'ai scrutée inlassablement, comme un voyeur carencé.

Le regard plongé dans l'écran, la collégienne claustrée dans sa musique, n'a pas porté attention au conducteur, qui l'a prévenu de l'arrivée à sa destination. Serviablement, il a abandonné son siège pour l'en informer. Sans le remercier, la collégienne a esquissé un sourire mi-figue mi-raisin avant de descendre. En sortant, elle a laissé derrière elle, en remontant l'allée centrale, une traînée aromatique dont les effluves sucrés ont flotté dans le bus pendant tout le trajet du retour. Jamais, de ma vie, je n'ai eu la grâce de côtoyer une fille bien nantie, et par surcroît très belle. Sa présence imprégna ma sensibilité sensorielle d'une impression persistante qui ne quitta plus jamais mes songes.

C'est la première fois que j'arrive en retard à mon poste et évidemment, j'ai affaire à la chef de notre unité. Une femme costaude qui s'adonne sans nul doute à des concours de culturisme. Les gars font souvent des blagues à caractère sexuel sur son compte. Cette fois, ça ne me fait pas rire du tout; la costaude non plus, d'autant plus qu'elle m'a vu pointer à treize heures. Je m'attends à me faire rabrouer et à recevoir un avertissement, mais elle me prend plutôt en grippe et, cherchant à me créer des ennuis, trouve le moyen de me punir en m'interdisant de détourner à mon profit les objets qui défilent sur le convoyeur, alléguant que je vole délibérément les biens de l'usine de recyclage qui m'emploie. Pour préserver mon poste, je dois renoncer aux magazines et promettre, en signant un contrat de ponctualité, de ne plus jamais me présenter en retard. Elle m'a lancé sa menace en plein visage à la façon d'une provocation au duel devant tous les gars de l'usine. Citant mon exemple, elle décrète que quiconque se fait prendre à voler sera licencié sur-le-champ. Une fois l'affaire réglée et la costaude hors champ, les gars n'ont pas laissé filer la chance de se moquer de moi. Certains ont torsadé des journaux sous forme de tube et les ont placés à l'avant de leurs parties génitales, imitant un phallus en érection prêt à enfiler la costaude.

Quelques jours se sont écoulés avant que je revoie la collégienne. De nouveau, le conducteur de l'autobus avait été mandaté pour l'escorter jusqu'à son domicile. Cette fois, elle était flanquée d'une fille plus jeune possiblement sa petite sœur et, vu la similarité de leur uniforme, il était clair qu'elles fréquentaient le même collège.

La jeune fille s'agitait et ne tenait pas en place une seconde. À ce moment-là, la collégienne ne portait pas les écouteurs de son *smartphone* sur les oreilles. Vraisemblablement, la petite les aurait arrachés seulement pour importuner sa grande sœur, comme elle le faisait lors de ses innombrables crises d'hystérie auxquelles j'ai assisté, reclus, dans le dernier banc d'autobus. Néanmoins, la collégienne utilisait son téléphone peinant à entretenir sa nombreuse correspondance tandis que la petite, indomptable, s'amusait à sauter d'un banc à l'autre par-dessus les dossiers.

Exacerbé par le comportement survolté de la petite, le conducteur avait demandé à plusieurs reprises à la collégienne de surveiller de près sa petite sœur et de faire en sorte qu'elle reste assise pendant le trajet sur l'autoroute. La collégienne s'exécuta *presto* ramenant de force sa petite sœur par le bras.

Le calme n'a pas duré longtemps. Profitant de l'inattention de la collégienne occupée à échanger ses messages, la petite échappa à sa vigilance pour venir me retrouver à l'arrière de l'autobus. Installée à genou sur le banc d'en face, elle enchaînait de vilaines grimaces en tirant la langue, écarquillant les yeux, un doigt sur son nez pour me révéler des narines de cochons. La collégienne apparut vite devant moi, le visage écarlate de honte, sommant sa sœur de retourner à son banc.

Du coup, le conducteur de l'autobus avait stoppé son véhicule. « Terminus! Tout le monde descend », avait-il lancé sur un ton courroucé. La petite n'en faisant qu'à sa tête ignora sa sœur de la même manière qu'elle avait ignoré le conducteur impatient, qui espérait les voir quitter hâtivement son autobus.

Agacée, la collégienne remorqua fermement sa sœur par le cou dans l'allée centrale jusqu'à la sortie de l'autobus. Au moment où elles touchaient terre, le conducteur avait refermé les portes pour reprendre sans perdre un instant le chemin du retour.

Avant d'atteindre l'intersection de la voie de desserte, j'ai rejoint le conducteur, visiblement épuisé par les divers déplacements effectués au cours de sa journée de travail, sans équivoque exténué par le tempérament surexcité de la jeune fille. Au moment où j'ai remonté l'allée centrale, j'ai trouvé abandonné sur le banc le fourre-tout de la collégienne. Puis, j'ai pris place à l'avant du bus sur le premier banc à droite du conducteur. Fidèle à son habitude, le conducteur se fit avare de commentaires; lui qui trouvait la paix dans le silence avait rarement envie de discuter sur le chemin du retour.

Les deux vieillards partis à ma rencontre dans le logis tentèrent de se frayer un chemin au milieu du dédale labyrinthique tracé par l'amoncellement de magazines qui jonchaient le sol, la plupart charcutés à coup de ciseau. L'un d'eux avait trébuché malencontreusement sur un objet traînant par terre sans relation avec les magazines. En se relevant, il découvrait en tirant parmi les décombres de papier qu'il s'était pris le pied dans la courroie d'un fourre-tout.

J'ai mis la main sur son prodigieux téléphone intelligent, malheureusement inutilisable puisqu'il nécessite un code de sécurité pour en faire usage. Un porte-monnaie ouvrant sur son monde intime m'a dévoilé une carte déclinant son identité, deux cartes de crédit et cinquante dollars. Des objets sans grande importance, à l'exception de sa photo sur la carte d'identité, pour me rappeler clairement la finesse de sa beauté.

Au fond du sac, ma main a rencontré une boîte métallique que j'ai extirpée de là sans tarder. J'ai abandonné le fourre-tout pour m'attarder à ce que pouvait me révéler la mystérieuse boîte. J'ai pincé entre les doigts la base de la boîte pour soulever le couvercle en le faisant pivoter ses charnières. J'ai découvert, à peu de choses près, l'authentique boîte de Pandore. Si je n'avais pas fait cette découverte, j'aurais gardé mon travail à l'usine de recyclage et j'aurais payé sans délai mes frais de loyer.

J'ai immédiatement avalé les cachets d'hydromorphone et d'oxycodone. Évidemment, je savais que c'était des antalgiques pour calmer les douleurs sévères. Tout le monde sait aussi que c'est un bon moyen pour planer. Trop curieux à poursuivre mon hallucinante expérience, je n'ai pas tardé à fumer dans la pipette de verre les cristaux que faisait fondre la flamme intense du briquet au propane. Après, je ne sais plus combien de temps. Il ne restait plus rien. J'avais avalé ce qui s'avalait. J'ai fumé aussi tous les cristaux et ceux retrouvés coincés entre les fibres de la moquette. Il ne restait plus qu'à m'injecter dans le bras ce que j'ai découvert dans la boîte métallique de la collégienne sans savoir ce dont il s'agissait. L'effet a été unique et foudroyant. Mes songes prirent une tournure dramatique et basculèrent dans l'effroi. Personnifiant toujours le photographe archipopulaire, j'ai totalement perdu le contrôle, livré à un cauchemar dont je ne maîtrisais nullement les tenants et aboutissants. Mon subconscient décela d'urgence que ma vie était en danger. Pour assurer ma survie, il commanda à mon inconscient d'intervenir en adaptant mon récit imaginaire afin que je m'accroche à la vie. Les méandres de mon délire m'ont mené dans cette salle de bain où je me suis imaginé arracher ce parasite accroché à mon bras alors qu'en réalité, je me débarrassais de la seringue dans la cuvette de toilette.

La conséquence tragique de mon existence causée par l'overdose a attiré l'attention de la police du comté, et, de plus, elle a permis de sauver la vie de l'enfant derrière sa fenêtre à deux portes de mon logis. Maintenant, je ne suis plus seul, et pas le seul à ne plus être seul.

www.ingramcontent.com/pod-product-compliance
Lightning Source LLC
Chambersburg PA
CBHW060332260626
47160CB00007B/2775